評伝 金芝河（キム・ジハ）とは何者だったのか
――韓国現代詩に見る生

趙南哲（チョ・ナムチョル）

コールサック社

評伝

金芝河（キム・ジハ）とは何者だったのか

——韓国現代詩に見る生

目次

第一章　風刺詩人から「生命思想家」への変身

第二章　信念——民衆詩を志向した詩人たち

第一章　風刺詩人から「生命思想家」への変身

Ⅰ　金芝河（キム・ジハ）の生涯と作品

1　夭折した尹東柱（ユン・ドンジュ）と夭折しなかった金芝河

人間は、とくに文学者や芸術家は死んでから、初めてその評価が定まると言う。夭折した彼・彼女らは純粋な創作によって輝かしい青春を過ごし、晩節を汚すこともなくこの世を去ったがゆえに、高く評価される傾向がある。

スペインの画家、パブロ・ピカソは九一歳まで長生きした大画家である。「青の時代」「薔薇色の時代」「キュビズム」「シュルレアリスム」など、何度も大胆に画風を変えながらも、死の直前まで旺盛な創作意欲は衰えることを知らず、その作品はどの時代のものも高く評価されている。傑作「ゲルニカ」を描いたのが五六歳、「朝鮮の虐殺」を描いたのは何と七〇歳だった。ピカソは「自分の作品だけでいくつも美術館ができる」と豪語したが、生涯で制作した油絵と素描は一万三千五百点、版画は十万点、挿絵は三万四千点、彫刻と陶器は三百点と膨大で、「もっとも多作な美術家である」と「ギネスブック」にも記されているが、ピカソはきわめて例外的な存在であったと言える。

しかし、これとは真逆に早世した詩人や小説家、画家や作曲家は意外と多い。日本では詩人・画家の山田かまちが感電事故により一七歳、作曲家の滝廉太郎が結核により二三歳、詩人の立原道造が病気により二四歳、歌人の石川啄木が結核により二六歳、童謡詩人の金子みすゞが服毒自殺により二六歳、詩人の八木重吉が結核により二九歳、プロレタリア作家の小林多喜二が特高の拷問により二九歳、詩人の中原中也が結核性の脳膜炎により三〇歳、詩人で作家の宮沢賢治は仏教信仰と農民生活に根ざした創作を続けたが、病気により三七歳の若さで夭逝している。

海外では「夭折の天才」と言われたフランスの小説家・詩人のレーモン・ラディゲが腸チフスにより二〇歳、イギリスの詩人のジョン・キーツが結核により二五歳、そして中原中也らに愛され数多く翻訳紹介されたフランスの詩人、アルチュール・ランボーは全身転移癌により三七歳、死後あまりに有名になった画家のフィンセント・ファン・ゴッホは拳銃自殺により三七歳で夭逝している。

彼らは等しく創作期間は短くても、傑作を残し、高く評価され、記念館や個人美術館が設置されるなど、今も大衆に愛されている。中でも、生前に五百篇もの童謡詩を残し、西條八十に激賞されたが、没後半世紀はほぼ忘却され、やっと一九八〇年代になって脚光を浴び、再評価された金子みすゞ。生前は評価されなかったが、没後、キリスト教を信仰する敬虔な生活や心情を短い独特のフレーズでうたって再評価され、熱心な読者を得た八木重吉。存命中は作品をほとんど評価されることなく無名に近かったが、草野心平らの尽力によって国民的作家となり、今でも広く愛読されている宮沢賢治。彼は理想郷「イーハトーヴ」という独特の世界観を創出したが、漫画家・ますむらひろしがその世界観を完璧に漫画化し、『銀河鉄道の夜』などの素晴らしいアニメーション作品も作られている。この本の出版社の社名である「コールサック」とは『銀河鉄道の夜』九章に記された「石炭袋」を意味し、宮沢賢治の「ほんとうの幸せ」を実践するための「宇宙意志」を胸に秘める作品を世に出すために設立されたと言う。宮沢賢治の精神は今も脈々と受け継がれているのである。

そして、自費出版した『山羊の歌』の詩人として小林秀雄、河上徹太郎ら友人には高く評価されていたが、世間の注目を浴びることはなかった中原中也は、詩人の草野心平や萩原朔太郎らにも評価されて、没後、雑誌『文学界』など多数の雑誌が相次いで追悼特集を組んだことで広範な読者層を獲得し、今は現代詩の賞の一角に名がつけられ、記念館までできている。とくに「サーカス」という詩は衝撃的な詩だった。「幾時代かがありまして

／茶色い戦争ありました／／幾時代かがありまして／冬は疾風吹きました」と始まるのだが、「ゆあーん　ゆよーん　ゆやゆよん」というブランコが揺れるさまと、あてどない不安感を表現したオノマトペは、日本の現代詩の中でも出色のものだと思う。

朝鮮には、夭折したあまりにも有名な詩人、尹東柱がいる。植民地朝鮮から日本に留学し、立教大学、京都帝国大学、同志社大学と編入学を繰り返しながら、平穏な学生生活を送っていたが、朝鮮独立運動をしていた従兄が「治安維持法」違反容疑で逮捕され、すぐに彼も同容疑で逮捕起訴される。裁判では「日本国家が禁止する思想を宣伝・扇動」した「罪」で懲役二年が言い渡され、福岡刑務所に収監されている時、原因不明の死因により獄死した。二七歳の若さであった。時は四五年二月一六日。朝鮮解放までわずか半年を残す、残念極まりない無念の死であった。

尹東柱は朝鮮の延禧（ヨンヒ）専門学校（現在の延世（ヨンセ）大学校）を卒業時、一七歳の時に朝鮮語で書き溜めた詩を一冊にしたくて、自選詩集『空と風と星と詩』を出版することを計画する。しかし、恩師と相談の上、時局柄、難しいと判断し、三部だけを自主制作し、一部ずつ恩師と親しい知人に渡した。広く知れ渡ったあまりに有名な詩なので躊躇われるが、後述のために「序詩」全文を紹介しておきたい。

召される日まで天を仰ぎ
いかなる恥もなさぬことを、
一葉(ひとは)に立つ風にも
わたしは心を痛めた
星をうたう心で
すべての滅びゆくものを慈(いつく)しまねば
そしてわたしに与えられた道を
歩いてゆかねばならない。

今夜も星が風にかすれて光る。

（上野都訳）

四八年には、この詩集がソウルの正音社(チョンウムサ)から刊行されたことで広く知られるようになり、「抒情詩人・抵抗詩人・民族詩人」としての高い評価が韓国では確立する。六八年には母校、延世大学校において、彼が暮らした寄宿舎の前に「尹東柱詩碑」が建立されたのであった。

日本でも九五年に同志社大学に詩碑が建立され、彼の祥月命日を偲ぶ会が毎年続けられている。七五回忌には同大で彼を追悼する献花式と講演会が開かれたと、二〇二〇年二月一六日配信の『朝日新聞デジタル』は伝えている。その記事の中で、没後五〇年の一九九五年、彼を特集した番組を制作した、元NHKディレクターで作家の多胡吉郎氏が「尹東柱の詩には言語や民族の壁を越えて人の心をつなぎ、感動を与えるという本質がある。尹は全人類に光を与えてくれる詩人だ」と述べたことが紹介されている。京都芸術大学や立教大学でも同様の追悼会が催されている。各地の朝鮮学校の生徒も彼を偲び、毎年、詩の朗読会を開いていると言う。

彼と幼馴染だった文益煥（ムン・イクファン）牧師（一九一八〜九四年。統一運動と民主化運動の著名な指導者。詩人でもあった）は、彼の詩は解釈の難しい詩ばかりだと述べた上で、「たんに過去の一民族の悲哀や過ちを告発するにとどまらず、全人類に共通する『人間の罪』を告発し、乗り越えようとした」作品であると指摘している。

逆に「民族詩人」として持ちあげる、偏った傾向に疑問を挟む言説もある。韓国や東アジア問題の専門家であり、NHKの「ハングル講座」の講師も務めたことがある、京都大学大学院の小倉紀蔵教授は、彼の詩の言葉を特定の政治的・道徳的立場に本質化して吸収することは「尹の詩への冒瀆」であり、彼の詩には政治的・民族的・イデオロギー的なものは皆無であり、彼を評価するのは彼の詩そのものよりも、戦争中に逮捕され、独立後の南北の保革対立に巻きこまれないまま獄死したことにあると、主張する。

この主張には一理ある。多くの朝鮮人避難民や、朝鮮独立軍、抗日パルチザンが根拠地とし、馬賊、そして日本軍が入り乱れて戦っていた、まるでカオス状態にあった「満州」の北間島(ブクカンド)地域で一九一七年に生まれた尹東柱は、「創氏改名」の時に「平沼東柱」と改名し、以後は日本国籍であった。また、尹の一家は一九一〇年頃にキリスト教に入信し、祖父は地域のキリスト教会の長老であった。幼い頃からキリスト教に親しみ、信じていた、まだ一七歳の少年が書いた詩の根本は、このキリスト教への深い信仰心であったと見るのが妥当である。その純粋な信仰心が「序詩」以下の夥しい詩を書かしめたのであり、日本植民地支配への抵抗とか、民族詩人としての自覚はまだ希薄だったと思われる。しかし、彼は若くして獄死した。無実のまま、そして死因も分からぬまま。尹東柱は、三六年間の長きにわたる植民地支配によって色濃く残っていた日本的なもの、詩で言えば日本的抒情を否定し、排除するのに必死であった韓国詩壇で格好のモデルになったのである。

しかし、その行為を否定し、拒絶する権利を旧支配者である日本・日本人はもちえるのだろうか。彼を「抒情詩人・抵抗詩人・民族詩人」ともちあげるのは、確かに彼が不条理な獄死をしたからであり、解放後に新しい詩を書く術を永遠に失ったからである。つまり、美しい詩だけを残し、獄死した若い詩人を高く評価し、彼に続けとシンボライズする行為は「政治的利用」をはるかに超越しており、同族や、贖罪意識をもつ、あるいは彼の詩を心から愛する日本人には十分に成立するのである。その行為を「冒瀆」と非難することは誰にもできないと思う。

何故なら、尹東柱が夭折したからである。彼が何を考え、生きていればどんな詩人になったか、永久に誰も分からないからである。彼の死によって、彼の詩はいかようにも解釈でき、いかようにも評価できる。多くの人びとが彼の死後も、半世紀以上にわたって彼を悼み、偲ぶ行為には、妥当で正当な理由があると思われる。人間は死ねば終わりである。死んだ後にどんなことを言われようが、死んだ本人には知りようがない。その作品もまた然りなのである。

さて、金芝河は夭折しなかった。二〇二二年五月八日、彼は江原道（カンウォンド）原州市（ウォンジュシ）の自宅で、一年間の闘病生活を経ながらも、八一歳まで長生きして亡くなった。膨大な作品を残して。現在も評価されているそのほとんどの作品は、三〇代を前後して数年の間に発表されたものである。しかし、韓国でも日本でも彼の石碑や記念館が建てられることもなく、内外で彼を偲ぶ声も小さい。何があったのか。何故、金芝河は尹東柱にはなれなかったのか。それを分析してみる必要がある。そのために金芝河の生涯と作品を簡単に振り返ってみよう。

2 金芝河の人生を振り返る

一九四一年二月四日、全羅南道木浦市（チョンラナムドモクポシ）で一人息子として生まれる。本名は金英一（キム・ヨンイル）。金芝河というペンネームは同音の「地下（ヂハ）」に由来しており、初期は「芝夏（ジハ）」、ハングルで「キム・ジハ」とも記した。

五〇年六月二五日、民族相食む苛烈な朝鮮戦争が勃発。この時、九歳の少年は民衆が残酷に殺戮される場面をおそらく目撃しただろうし、家族は戦争から逃げ惑ったことだろう。

五三年七月二七日、朝鮮戦争は停戦となるが、家族の生活は困窮を極めたと思われる。

五四年、父親が映写技師として江原道原州市（カンウォンドウォンジュシ）にある会社に就職したことに伴い、同地に引っ越しをする。

五九年、日本で言えば東大のような名門大学であるソウル大学文理学部美学科に入学。

六〇年、三月に行なわれた大統領選挙で李承晩（イ・スンマン）による大規模な不正選挙に反発した学生や市民によるデモにより、李承晩大統領は下野したが、もっとも大規模なデモが起こった日が四月一九日だったことから、この闘いは「4・19（サ・イルグ）学生革命」と呼ばれる。略歴にはこのデモに金芝河が参加したとあるが、後に本人は新聞に発表した「告白」で「引っ越ししていて参加していない」と言う。

六一年、盛りあがる南北統一気運の中で、五月一三日、学生たちは「行こう北へ！　来たれ南へ！　会おう板門店（パンムンジョム）（南北軍事境界線にある会談場）で！」のスローガンを掲げてデモ行進を行なうが、この時、金芝河はソウル大生として重要な役割を担う。しかし、その三日後の五月一六日に朴正煕（パク・チョンヒ）ら国軍の将軍らが軍事クーデターを起こし、民衆を流血の大弾圧で抑えこむ。金芝河は指名手配され、潜伏生活を送ることになる。彼は港湾労働者、炭鉱夫などをして働くが、体をこわして肺結核を患うようになる。

六三年三月、『木浦（モクポ）文学』第二号に初めての詩「夕暮れの物語」一篇を金芝夏の名で発表する。ソウル大に復学。軍政から民政への移管を約束した朴正煕は一二月、大統領に就任する。

六四年、韓日会談反対闘争に参加するが、逮捕、投獄され、後に起訴猶予処分で釈放される。

六五年、ソウルで「韓日基本条約」が仮調印されたことに反対するデモが起こるや、朴政権は非常戒厳令を宣布し、六月二二日に同条約は正式調印される。それでも収まらないデモに朴政権はソウル全域に衛戍令（えいじゅれい）を発動し、六個師団の兵力で運動を弾圧した。金芝河も逮捕され、釈放後も逃亡生活を余儀なくされる。

六六年、二五歳でソウル大学を卒業し、江原道の炭鉱で働く。

六七年、肺結核が悪化し、約一年間の入院生活。

六九年、広告会社に就職し、一一月、雑誌『詩人』に詩「ソウルへの道」をキム・ジハの名で発表する。一二月に同社を辞職。

七〇年、五月に総合雑誌『思想界』に長編譚詩「五賊」を発表したが、この作品が「北朝鮮の宣伝活動に同調したもの」という「反共法」違反で同誌発行人、編集者らとともに逮捕される（いわゆる「五賊筆禍事件」）。七月、評論「風刺か自殺か」を『詩人』六・七月号に発表。一一月、「抗日民族学校」で「民族のうた、民衆のうた」の講義を行なう。一二月、初めての詩集『黄土』がソウルのハンオル文庫から刊行される。

七一年、三島由紀夫の自殺の本質をついた詩「アジュッカリ神風」を月刊誌『タリ』三月号に発表。カトリック原州（ウォンジュ）教会の池学淳（チ・ハクスン）主教を訪ね、同教会が主導する農村協同運動の企画委員として勤めはじめ、洗礼を受ける。六月、「民主守護宣言大会」に参加し、宣言文に署名する。長編譚詩「桜賊歌」を『タリ』七月号に発表。一〇月に原州教会で信徒六百人が集まり、朴政権を糾弾するキリスト者の運動の狼煙をあげ、ソウルをはじめ各地の反独裁、不正腐敗糾弾の動きと呼応して反政府運動は一大高揚期を迎えるが、朴政権はまたも衛戍令を発動して、軍隊でこれを鎮圧した。金芝河はふたたび地下に潜行。『タリ』一一月号に戯曲「銅の李舜臣（イ・スンシン）」を発表。

七二年、長編譚詩「蜚語」をカトリック系月刊誌『創造』四月号に発表し、発行人らとともに逮捕され、肺結核の治療を口実に軟禁状態に置かれる。『タリ』九月号が戯曲「ナポレオン・コニャック」を掲載。一〇月、朴政権は非常戒厳令を宣布し、夜間外出禁止令などを含む軍事独裁体制を確立するための「維新憲法」を制定。これにより、維新独裁体制が確立する。

七三年、三三歳で有名な作家・詩人の朴景利（パク・キョンリ）（一九二六〜二〇〇八年、代表作に大河小説『土地』がある）の娘、金玲珠（キム・リョンジュ）と結婚。一一月五日、民主回復を要求する一五人の知識人と「時局宣言」を発表。この頃、書かれた「糞氏物語」は翌年、夫人の手で日本に送られ、翻訳紹介された。

七四年、朴政権は改憲運動を最高懲役一五年で処断する大統領緊急措置を発布。これを受けて地下に潜行。同措置は最高刑を死刑に変えた。朴政権がでっちあげた「民青学連事件」の首謀者の一人として指名手配される。長男が誕生した後、逮捕され、非常普通軍法会議で死刑を宣告されたが、一週間後に無期に減刑される。

七五年、「刑執行停止」で釈放され、獄中の体験を書いた散文詩「苦行……一九七四」を発表して、「人民革命党関連者」への残虐な拷問の実態を暴露したが、また「反共法」違反で逮捕、拘禁される。韓国中央情報部（ＫＣＩＡ）はでっちあげた金芝河の「自筆陳述書」を世界にばらまき、「金芝河は共産主義者」だと宣伝した。獄中で書いた当局発表の「自筆陳述書」に反論する「良心宣言」などが東京で公表される。朴政権は金芝河を元の無期懲役囚としてソウル拘置所に収監する。

七六年、公判の尋問で検事側は金芝河を「共産主義者」にしようと試みるが、これに金芝河はことごとく反論し、韓日癒着などを暴いた。第一四回公判で、金芝河は三時間に及ぶ最終陳述を行ない、朝鮮半島の春の到来への確信と南北統一のビジョンを語り、独裁政権と命のかぎり闘うことを誓う。一審判決は懲役七年、資格停止七年だった。これに対して、ジャン＝ポール・サルトルやノーム・チョムスキー、シモーヌ・ド・ボーヴォワール、大江健三郎らによる国際的な金芝河釈放を要求する声が沸き起こる。

七九年一〇月二六日、朴正熙は大規模な民主化要求デモの鎮圧を命じた直後、側近のKCIA長官・金載圭（キム・ジェギュ）によって暗殺される。享年六一であった。実に一七年間も軍事独裁政権の座についていたことになる。

八〇年五月、朴正熙亡き後の混乱の中で政権を掌握した全斗煥（チョン・ドゥファン）軍事独裁政権は、民主化運動を鎮圧するために、意図的に全羅南道光州市（チョンラナムドクァンジュシ）に狙いを定め、国軍を投入して無辜の市民を無差別に虐殺した。この暴挙に反発した民衆蜂起を「光州事件」と呼ぶ。金芝河はこの年一二月に三六歳で釈放される。

この金芝河釈放に大きく貢献したのは、日本における金芝河関連の書籍の相次ぐ出版と、日本各地で澎湃と沸き起こった市民による金芝河釈放要求運動・デモであった。韓国の初期歴代政権は朝鮮が日本帝国主義の植民地支配を受けた過去をもつために、日本文化の流入や流布を厳しく禁じていた。日本でも韓国文化の流入は限られており、朴正熙政権などが進歩的出版物の発禁処分などを連発していたこともあり、韓国の文化事情には疎かった。しかし、発禁処分を受けようとも、金芝河が獄中や逃亡生活の中で書かれた作品は密かに日本にもちこまれ、ただちに翻訳紹介されたのである。金芝河という名は韓国民主化運動の象徴・「スター」として持ちあげられ、いつしか「金芝河ブーム」と呼んでもいい一大ムーブメントを日本国内で起こすまでに至る。次にこの時期、発行された金芝河関連の主な書籍を紹介しよう。

・『長い暗闇の彼方に』（渋谷仙太郎訳、中央公論社、七一年刊）
・『金芝河詩集』（姜舜（カン・スン）訳、青木書店、七四年刊）
・『民衆の声』（金芝河作品刊行委員会編訳、サイマル出版会、七四年刊）
・『金芝河全集』（金芝河全集刊行委員会編、漢陽社、七五年刊）

・『不帰』（李恢成訳、中央公論社、七五年刊）
・『良心宣言』（井出愚樹編訳、大月書店、七五年刊）
・『わが魂を解き放せ』（井出愚樹編訳、大月書店、七五年刊）
・『深夜』（鄭敬謨訳、土曜美術社、七六年刊）
・『金芝河作品集（1・2）』（井出愚樹編訳、青木書店、七六年刊）
・『現代文学読本　金芝河』（共著、清山社、七七年刊）
・『金芝河の世界』（浅尾忠男著、清山社、七七年刊）
・『獄中から』（井出愚樹編訳、大月書店、七七年刊）
・『苦行　獄中におけるわが闘い』（金芝河刊行委員会編訳、中央公論社、七八年刊）

これ以外にも日本人や在日コリアンによる夥しい数の論文や評論が発表された。ここで重要なのは、二冊の書籍である。一冊は『長い暗闇の彼方に』。この訳者は「渋谷仙太郎」となっているが、本名は坂本孝夫（一九三七〜二〇一七）と言い、日本共産党の機関紙『赤旗』の記者で永久党員だったが、後に除籍された。党員という関係から「渋谷仙太郎、井出愚樹、萩原遼」などのペンネームをテーマによって使い分けた。

実は私は彼と親しくさせていただき、夏の暑い日、自宅に招待されて彼の手作りの大盛の餃子を冷たいビールで胃に流しこみながら、金芝河を熱く論じたこともある。大阪で行なわれた私の結婚式に参加できなかった私の友人たちが東京で開いてくれた結婚を祝う会にも来ていただき、「朝鮮の若者もこんな幸せな結婚をする時代になったんだなあ」としみじみ感動していたのを、今もはっきりと記憶している。惜しくも六年前に逝去されたが、彼が金芝河の詩や長編譚詩、戯曲の翻訳、そして解説に使命のような情熱を傾けていたことは、前述の書籍紹介の訳者名や著者名をもう一度見ていただければ、よく理解できよう。

さて、何が重要かと言うと、この訳書が金芝河を日本に初めて紹介し、その後の金芝河紹介や論じる場合に必ず引用される、重要性をもつテクストだからである。七一年と言えば、金芝河は三〇歳、文学活動を始めてからまだ三年あまり、やっと前年、詩集『黄土』が刊行されたばかりである。よくこの時点で、海のものとも山のものとも分からぬ韓国の若者の作品を訳して出そうと思ったものである。何か予感めいたものがあったのだろう。そして、金芝河の詩に衝撃を受けた中央公論社の編集者だった宮田毬栄とのタッグで、金芝河の名は日本で広く知られることになったのである。その貢献は計り知れない。私もその影響を受けた一人だが。

宮田毬栄は「詩人、金芝河との五二年」と題して、次のように金芝河を追悼している。
「一九七〇年六月、編集室の片隅で手にした『週刊朝日』に、韓国の詩人、金芝河の長編風刺詩『五賊』全文が掲載されていて、私は初めて読む金芝河作品の圧倒的な言葉の力に魅了されました。怒りと皮肉と哄笑の矢が不正と腐敗にまみれた支配者に突きささる、すさまじい破壊力を秘めた言葉の群れがありました。比喩の的確さ、弾けた可笑しさが際立ち、鋭利な風刺が全編をみたすのに、読後には澄んだ悲哀の感情が残りました。詩人金芝河の〝天才〟を感じた瞬間でした」（『クルトゥラ』二〇二二年七月号）

もう一冊は、『金芝河全集』である。これは東京にある漢陽社から韓国語で編まれた金芝河の初期詩篇から獄中記までを収めた唯一の書籍である。前述したように、韓国の反体制派の詩人の作品を、まして獄中でメモ書きした作品まで網羅した原書が、日本で出版されたということは画期的なことであった。七五年に刊行された後、韓国語の分かる文学者は韓国から困難を乗り越えて金芝河作品を入手しなくても、この一冊で金芝河の原語の作品を読めるようになったのである。ここに、この本の真の価値があり、刊行の意義がある。

また、金芝河の翻訳出版に触発され、勇気を得て、一九七七年から八一年にかけて梨花書房から刊行された『現代韓国詩選』五巻も重要である。申庚林の『農舞』、金洙暎の『巨大な根』、申東曄の『脱穀は立ち去れ』、趙泰一の『国土・他』、李盛夫の『我等の糧・他』などの代表作が姜舜によって翻訳紹介されている。みな金芝河の先輩にあたり、金芝河に大きな影響を与えた詩人たちであり、金芝河理解にも大いに参考になるだろう。

このように金芝河は、通算七年に及ぶ獄中生活に対して、また独裁政権の言論弾圧に屈しなかったとして、アジア・アフリカ作家会議から七五年度「ロータス特別賞」を授与されるなど国際的にも高い評価を受けた。国内でも「偉大な詩人賞」「鄭芝溶（チョン・ジヨン）文学賞」「萬海（マンヘ）文学賞」「大山（テサン）文学賞」など多数の賞を授与された。韓国内でノーベル文学賞や平和賞候補に名を挙げられたこともある。

八二年、六月に第二詩集『灼けつく喉の渇きに』を、一二月には『大説　南』第一巻を発表するが、すぐに発禁処分を受ける。『大説　南』で示された「生命思想」は、その後の物語集『飯』と散文集『南の土地の舟歌』として作品化された。この頃からは、地域自治を提唱するサルリム（生命）運動や環境問題、消費者共同体運動、東アジアの伝統を見直す活動など、詩人と言うよりは社会活動家としての側面が強くなる。しかし、生命運動などを通じて神秘主義的な言動が顕著になったことで、民主化運動に対する思想転向だと受けとめる者も現われたが、翌八三年に文芸誌『海』の編集長になっていた宮田毬栄は、四月の同誌に『大説　南』を翻訳掲載し、金芝河救援運動に尽力してきた鶴見俊輔と大江健三郎の「『大説　南』を読む」という対談を企画した。

八六年、「生命思想」と民族的抒情が融合した詩集『愛隣』（1、2巻）を刊行。

八七年、六月二九日に盧泰愚大統領候補が、翌年にひかえたソウル五輪の成功を条件に、大統領直接選挙制の導入、金大中（一九九八〜二〇〇三年、朴政権に反対する反体制派の指導者的政治家で、KCIAによって日本から拉致され、投獄・死刑判決などを受けるなど受難の人生を送るが、九八年に大統領となり、初の南北首脳会談を開いたことでノーベル平和賞を受賞した）ら反体制派の政治家や活動家の赦免・復権を骨子とした「政治宣言」を発表した。全斗煥大統領はこれをしぶしぶ認め、国民投票によって改正憲法が確定した。

八八年、東学の教祖である崔済愚の人生と死を扱った長詩『日照りの日に雨雲』を発表。東学とは新宗教であり、その本質は従来の朱子学とも、西洋伝来の天主教とも異なる朝鮮独自の思想体系を成すことを旨とした。一八九四年に農民による大規模な暴動「甲午農民戦争」が起こったが、これは参加者の中に多数の東学の信徒がいたことから「東学党の乱」とも呼ばれる。金芝河はこの乱を指導した全琫準（一八五四〜一八九五、緑豆将軍とも呼ばれた）に発想を得て、抵抗詩「緑豆の花」を詩集『黄土』の中で書いている。最近の韓ドラでも、『緑豆の花』（二〇一九年制作）として感動的に、そして悲劇的に「甲午農民戦争」の顛末が生々しく描かれている。

九一年、四月に明知大学校生の姜慶大殴打致死事件を契機に起こった学生や市民による一連の抗議焚身（焼身）自殺について、その抗議のやり方を批判して、五月五日付の『朝鮮日報』コラムに「死の巫女の儀式をただちに止めよ！」というタイトルの文章を書いたが、これが国内で激烈な反発を呼び起こす。その前の二月一七日付の『東亜日報』には、自分がアルコール中毒者だったなどという「自分は泥棒」というタイトルの「告白」もしている。

九四年、第三詩集『中心の苦しみ』を刊行。

二〇〇三年、文学的回顧録『白い陰の道』（全三巻）を刊行。

二〇一三年一月四日、再審で「民青学連事件」の嫌疑について金芝河に「犯罪の事実はない」として無罪判決が下った。

以上が、金芝河の略歴だが、金芝河は自身の政治的立場は「中道進歩」だと言う。一九九八年から二〇〇八年まで続いた北朝鮮融和策を取る進歩政権、とくに盧武鉉政権に対しては厳しい批判をしながら、二〇一二年の大統領選挙ではかつて自分を投獄して死刑宣告し、弾圧した朴正熙の娘で、与党・セヌリ党の大統領候補となった朴槿恵を支持し、世間を驚かせた。朴槿恵は大統領に当選したものの、「崔順実(チェ・スンシル)ゲート事件」など一連の不祥事件で二〇一七年、大統領弾劾が成立して罷免されたのは記憶に新しいところだ。一九八七年に民主化運動によって成立した大統領弾劾制度が導入されていたが、朴槿恵は初めてその弾劾が適用された屈辱的な大統領になった。

そして、二〇二二年、金芝河は八一歳でこの世を去ったのである。これが金芝河の生涯のほぼすべてである。

3　絶望と抵抗の抒情

金芝河が二〇代に書いた初期詩篇は、民主化運動をしながら、作品を発表しては発禁処分、逮捕、投獄などが何度も繰り返される、まるで軍事政権に愚弄されているような苛酷な生と、それに必死に抵抗する凄まじい青春時代を反映した詩としてきわめて重要であり、今も眩しい光をいささかも失ってはいない。

私を
ここに縛りつけるものはなにか

灼けつく陽光の下　白く光るのみ
よどみ流れぬ池に深く潜み
あくまで私をここに縛りつけるものはなにか

目にまばゆい赤茶けた山道
かすかにゆれる白い野花さえ
真近に炸裂する発破の音さえ遠く
土に閉ざされた苦役も　死すらも
私を目覚めさせない

（井出愚樹訳「山亭里日記」前半部分）

朴正煕らは軍事クーデターを起こし、4・19で民衆が手に入れた勝利を掠め取り、二〇歳になったばかりの若者を指名手配し、潜伏生活を余儀なくさせる。そして金芝河は港湾労働者や炭鉱夫として働き、肺結核を患う。あまりにも苛酷な現実である。その前で、金芝河は炭鉱の発破の音も、苦役も、そして死さえも、「私を目覚めさせない」と絶望する。ここには出口も希望もない。しかし、若者は諦めず、ふたたび起ちあがり、闘いの道を選ぶのである。

抵抗し、斬られた首がまた叫ぶ
叫ぶ。引き裂かれた腕が
またも抵抗する
鎖のまま、鎖のまま身をふるわせて、やがて
動きを止めた玉蜀黍畑
動きを止め、動きを止め、ああ、動きを止めた
真っ青な空の下、すっくとそびえ燃え尽きた
里程標が哭いているのさ
灼けつく南は反乱のくに。

（渋谷仙太郎訳「南」最終連）

この詩は、韓国の民衆が圧政に対して首を斬られても、斬られても抵抗をやめない「反乱のくに」だと規定している。朴政権は七二年の改憲で大統領任期と重任制限を撤廃することで、永久執権を画策し、民主化運動に対しては「反共法」で徹底的に弾圧、学生や市

民を北朝鮮のスパイだとでっちあげては、形ばかりの「裁判」という茶番劇で「死刑」「無期懲役」を言い渡す。その結果、朴正煕は側近に暗殺されるまで、実に五期にもわたって大統領の座に居座りつづけ、権威主義的な維新独裁体制による開発独裁を推し進めた。これは、プーチン独裁体制の下、次々と悪法を作り、露骨な言論弾圧を強行し、反対派を次々と殺害し、拘束し、一方的に始めたウクライナ侵略戦争に反対するデモも厳しく弾圧し、国外に逃れることさえできない状態にしている現在のプーチン・ロシアとあまりにも酷似しているではないか。独裁者はいつの時代でも、どんな国でも、どんな状況でも同じような悪法を作って民衆を弾圧し、不正や悪事を働き、汚職にまみれて腐敗しながら、同じ過ちを犯し、そして悲劇的な末路を辿るものだ。

夜明けの裏通りにて
お前の名を書く　民主主義よ
わが念頭からお前が去ってすでに久しい
わが足がお前を訪(おと)なうことを忘れて　あまりにも久しい
ただ一筋の
灼けつく胸の渇きの記憶が

お前の名をひそかに書かせる　民主主義よ
（井出愚樹訳「灼けつく渇きで」冒頭連）

民主主義と自由をここまで渇望する民衆の声を代弁し、自らも「灼けつく渇き」と表現する。ここに嘘はない。抑圧と闘う強い意志だけがある。まさに、民主主義を抑圧する朴政権と最後まで闘う姿勢は変わらない。

金芝河は詩集『黄土』の後記で、次のように書いている。

「この小さな半島は怨鬼の叫びでみちている。外国の侵略、戦争、苛政、反乱、悪疾、飢えのために死んでいったあまたの人びとの恨みにみちた哭き声にみちみちている。その声の媒体。その恨みの伝達者。その歴史的悲劇の鋭い認識。私は私の詩がそのようなものになることを願ってきた。降臨神の詩として。…行動の詩として。…人間にたいする、あらゆる対象にたいする愛。悪夢も、降臨神も、行動も、ことごとくこの愛により始まるものだ。愛の、熱い熱い愛の、火花のような愛の言語。私は私の詩がこのようなものとなることを願ってきた」（渋谷仙太郎訳）

つまり圧政に苦しむ民衆の代弁者、語り部となって、時には「降臨神」となって、行動する詩を書きたいと言うのだ。ここには苦難の道が待っているが、出口はあり、希望がある。そして、民衆への限りない熱い愛が、自分の詩の源泉であると断言している。ここにはわずかな心の曇りもなく、「召される日まで天を仰ぎ／いかなる恥もなさぬことを」と詠った尹東柱と同じ純粋な抒情精神が宿っている。

4　詩的暴力＝風刺で独裁者を嗤って闘う

金芝河の代表作と言っても良い長編譚詩「五賊」は、わずか二九歳で発表された。この作品は内外に大きな衝撃を与え、韓国の軍事独裁政権の不正腐敗の真相を満天下に暴露した。

「五賊」とはもともと、一九〇五年、日本に朝鮮の実権を渡し、国を売り飛ばす「乙巳（ウルサ）保護条約」（第二次韓日協約）に調印した五人の大臣を指し、朝鮮の民衆は彼らを「乙巳（ウルサ）五賊（オジョク）」「売国奴」と呼んで唾を吐きかける。この「条約」によって朝鮮は完全に日本の植民地と化したのである。

「金芝河は朝鮮民族にとって売国奴の代名詞ともなっているこの〝五賊〟を念頭におきつつ、一九七〇年代の現代版五賊（財閥、国会議員、高級公務員、将星、長・次官）の形象化を通じて、あらたな売国奴であるかれらへの民族的な憎悪を燃えあがらせ、作品が民主化のたたかいへの起爆剤となることをねがったのであろう」（浅尾忠男著『金芝河の世界』より）

語り手は「全羅道のどん百姓クエス」。彼は泥棒して捕まり、尻を打たれる刑を受けたが、「骨のふしぶしむずむずと／へらず口たたくわしの口先、筆とる手先もごもごうずず／なにか無性に書きたくてならぬ。えーい、知ったことか／臀をかっかと火の出るほどに打たれる時は打たれる時さ／世にも不思議な泥棒物語、わしがひとつ書いてみせよう」と「前口上」を吐いてから、現代五賊を化け物（怪獣）として形象化し、彼らの罪状を次々と暴露していく。そこには痛快な嗤いがある。たとえば、国会議員を風刺した部分は次のとおりである。

せむしのように曲がった腰、曹操のような細めの目
痰のからんだしゃがれ声で、うなりながら現われる

毛むくじゃらの全身に、革命公約ぐるぐる巻きつけ
革命公約の帽子をかぶり、革命公約のバッヂつけ
痰をペッペ、キラキラ光るゴルフクラブを旗のように高く振り、
大喝一声、二つに裂けた蛇の舌先からスローガンがぞろぞろ
革命だッ、旧悪は新悪に！　改造だッ、不正蓄財は蓄財不正に！
近代化だッ、不正選挙は選挙不正に！　重農だッ、貧農は離農に！

（中略）

愚昧なる国民よ、左様心得、そちへ下がりおれ、臭い臭い、ペッ、ペッ
さて、ゴルフでもおっぱじめるか

（中略）

白銅土器、唐花器、日本花器、アメリカ花器、フランス花器、イタリア花器、
虎の毛皮をかぶせたテレビ、花柳紋の匣（はこ）にはいったソニーテープレコーダー、
べっこうの机の上にはミッチェルカメラ、珊瑚の書棚のかたわらにはＲＣＡ映写機、
琥珀（こはく）の筆立てにさしたパーカー万年筆、ろうそく灯（とも）したシャンデリア…

（渋谷仙太郎訳「五賊」より）

「五賊」の内容を伝えた『朝日新聞』一九七〇年五月一九日付には、韓国当局によってその日の夕方までに全紙回収命令が出された。ソウル特派員の猪狩章記者は野党・新民党の金応柱（キム・ウンジュ）議員が答えた内容を次のような記事にしている。「（金議員は）特権層の豪邸がある東氷庫洞（トンピンゴドン）一帯が、国民からドロボウ村といわれていることを指摘し、それは特権層がもともと軍用地だったところを不当に安く払い下げさせ、しかも多くが財産税も脱税しているからだ、と述べた。金議員はさらに『貧しいわが国で、ハリウッドにある美邸の二、三倍にあたる、二億ウォン、三億ウォンという家がつくられるのがおかしい。さきに朴大統領が調べさせたら、三千万ウォン以上の家を建てた政府与党関係者が三三〇人もいたというではないか』と追及していた」、と。

これはプーチン独裁体制の下で、プーチン自身や国防相のショイグ、今年六月に「反乱」を起こしたが、一日で終息した民間軍事会社ワグネルの創始者プリゴジン（八月に乗っていたプライベートジェット機が墜落して死亡。プーチンによって暗殺されたという説もある）らのお城のような豪邸がロシアのテレビで暴露されているが、プーチンと親しい人物が政財界のオリガルヒと呼ばれる特権階級となって独裁政権を支えていることは周知の事実である。それでもロシア国民はプーチン支持を止めようとしない。ロシア国民の胸の内は計り知れないが、当時の韓国では激しい民衆の怒りを買ったために、朴政権は

「五賊」をただちに発禁処分にし、金芝河を逮捕するしか、民衆の声をなだめる手段がなかったのである。豪邸で「酒池肉林」を楽しみ、税金も払わない国会議員を痛烈な風刺と嘲笑でこきおろした「五賊」を読んで、民衆は溜飲を少しは下げたのではあるまいか。

朝鮮の民衆は李朝時代の昔から仮面劇（タルチュム）で、支配階層の両班（ヤンバン）の愚かさを、支配者層に分からないようなストーリーに仕立てて、大いに嗤って憂さを晴らした。当然のことながら民衆はみんな分かって嗤っているのだ。この作品も庶民が日常使っている擬態語、俗語、隠語がふんだんに使われており、庶民は化け物の正体をみんな分かるのである。訳者の渋谷仙太郎は、「五賊」を「朝鮮文学の伝統である風刺文学の流れをうけつぎ、その伝統を汲んだ民族的要素の濃い作品」と解説しているが、まさに民族的情緒と嗤いを十分に盛りこんだ傑作と言えよう。「五賊」以降も金芝河は、長編譚詩「蜚語」「糞氏物語」、戯曲「金冠のキリスト」「銅の李舜臣」「ナポレオン・コニャック」などを堰を切ったような勢いで、爆発するエネルギーで発表していく。ここでは、もう一つ、「糞氏物語」を紹介するに止めておこう。

ついに来た　朝鮮への道
大望を抱き

仇撃つぞと勇ましく
誓って睾丸握り出たからにゃ
雪辱せずして帰らりょか
下腹はちきれ痛むたび
瞼に浮かぶ朝鮮半島！

（中略）

朝鮮野郎は無邪気にぐっすりお休みだ　ヤマトよ！
日本刀を抜け　さあ略奪しようぜ　搾取しようぜ！
底の底まで掻き集め　けりつけちまおうぜ！
提携でも合作でも　なんでもかでも
一路植民へとつっ走る帝国よ　万歳！

（井出愚樹訳）

「物語」の主人公は糞三寸侍と言う。糞と朝鮮人を不倶戴天の敵とする彼の家は、朝鮮に渡るまで「糞たれるのだけはがまんせよ」という家訓をもち、ついに訪韓を果たすが、金浦空港に着いた彼の最初のセリフが「やっと着いたぞ　おれの便所だーっ！」だった。かっての日本の「軍歌」をパロディーで風刺している。品のないパロディーだと眉をひそめる向きもあろうが、かつて朝鮮を植民地として搾取し、「内鮮一体」という日本帝国主義のデマゴーグは、いったい品がある行為だったのだろうか。金芝河はそれを風刺して、鋭く批判する。同時に日本とまた手を結ぼうとする朴政権も非難する。「いわゆる日本的ファシズムにたいする金芝河のはげしい危機感、それはそのまま抵抗の志向でもある危機感の表現は、『糞氏物語』の後半部での悪夢に似た超現実的な詩的イメージの展開によってその極に達する」（浅尾忠男著『金芝河の世界』）のである。

この危機感は「糞氏物語」発表の二年前に書かれたと思われる、「アジュッカリ神風——三島由紀夫に」という詩の中で早くも現われており、市谷の自衛隊駐屯地で自死した作家の三島由紀夫を激しく非難している。次にその全文を紹介する。

どうってこたあねえよ
朝鮮野郎の血を吸って輝く菊の花さ
かっぱらっていった鉄の器を溶かして鍛えあげた日本刀さ
何が大胆だって、お前は知らなかったのか
悲壮凄惨で、まったく凄惨このうえもなく凄惨悲壮で

凄惨な神風もどうってこたあねえよ
朝鮮野郎のアジュッカリを狂ったようにむさぼり食らい、狂っちまった
風だよ、狂っちまった
お前の死は植民地に
飢(ひ)あがり、病み衰え、ひっくくられたまま叫び燃える植民地の
死のうえに降る雨だよ
歴史の死を呼びよせる
古い軍歌さ、どうってこたあねえよ
素っ裸の女兵が素っ裸の娼婦の間に割りこんでつっ立ち
好きなように歌いまくる気狂いの軍歌さ

（渋谷仙太郎訳）

アジュッカリとは植物のヒマのことで、それから採れる油で太平洋戦争末期のガソリン不足を補うため、日本軍部は朝鮮でも盛んに植えさせたと言う。訳者は「女兵は米軍に囲われた飾りもの的な日本の自衛隊。娼婦は米、ソなど大国に媚びる日本の現政治体制」と訳注で解説している。金芝河は三島由紀夫の自死に大きな危機感を抱いた。戦後、民主主

義社会となった日本でも三島事件は特異な事件だったが、金芝河はそれが特異な事例ではなく、日本の本質ではないかと危惧し、このような詩を発表したものと思われる。少なくとも朴政権が民衆の大反対に遭っても強行した日本との「基本条約」締結は、また売国の過ちを犯すのではないかと批判したのである。案の定、朴政権は日本からの賠償金を過去の清算に使うことなく、自分の維新独裁体制維持のため経済建設に使った（後に「漢江の奇蹟」と称賛されることになるが）ことにより、半世紀以上が過ぎた今日になっても、「従軍慰安婦問題」や「徴用工問題」などで韓日関係は迷走を続けることになるのである。

金芝河は風刺について、若者たちに次のように語る。

「真の民族文学、真の国民文学建設に対する要請は、日本帝国主義統治の時期より今日に至るまで、私たちの社会と私たちの文学の中で絶え間なく提起されてきた問題である。この問題の解決は端的に言って、詩精神と歴史認識、民族文学的伝統と外来の近代文学、民衆情緒と詩人の知的教養、とくに民謡と現代詩が卓越した意味においての統一を到達しようとした時、あるいは到達する時に初めて可能である」

「短形の抒情歌謡、労働歌謡より、長形の叙事民謡、叙事巫歌、パンソリ（朝鮮の伝統的民俗芸能で、一九世紀に人気のあった歌謡や口承文芸の一つ)、そして文学としての仮面舞踊、人形劇のセリフなど言語表現…とりわけ中世、平民文学の魂とも言えるユーモアと風刺は、私たちの現代詩が国民文学を建設するための豊かな土壌となる」

(「民族のうた、民衆のうた」より)

民族的・民俗的遺産を受け継ぎ、朝鮮の民衆が好んだ諧謔やユーモアをパターンにして風刺を目指す時、初めて民族文学が確立すると、金芝河はその文学活動の初期から唱えているのである。ここまで見てきたとおり、金芝河は抒情詩においても、風刺を基礎にした長篇譚詩や戯曲でも、素晴らしい民族文学の道を新たに切り拓き、その最初の輝かしい民族詩人となりえたのである。

ここで金芝河が血を吐くような思いで書いた評論「風刺か自殺か」の一節を紹介しておこう。この文章とタイトルを深く記憶に刻みこんでおいてほしい。この文章が、金芝河を規定し、理解する上で最高のものと言ってもよいと、私は信じている。

「自殺以外には到達しようのない激しい悲哀が激しい詩的暴力の形態、すなわち風刺に転化する。現実の暴力が詩人の悲哀に、詩人の悲哀がふたたび芸術的暴力に転換する。

暴力が悲哀に凝結する過程において、詩人が魂の生を殺し、肉体の生を選ぶか、さもなければ汚れた肉体の生を殺して、清らかな魂の生を選ぶか、あるいは肉体と魂が同時に生きうる、何らかの熾烈な抵抗の生の形態を選ぶかの決断が迫られている」

5 「死刑判決」と宗教的覚醒

ＫＣＩＡによって捏造された「民青学連事件」の「首謀者」一四名に、茶番劇である「裁判」は「死刑」を宣告するが、そのうちの一人として三四歳の金芝河も「背後操縦」という理由で「死刑」判決を宣告される。この時、「死刑判決」を宣告された金秉坤(キム・ビョンゴン)は「光栄です」と即座に言ったが、この言葉に金芝河は大きな衝撃を受ける。「これはいったい全体、何という言葉なのか」、と。

同じく「死刑判決」を宣告された金芝河は、「私のなしたことは正しいことである。釈放される日があれば、同じことを繰り返すだけだ」(Ｔ・Ｋ生「韓国からの通信・一九七四年七月」)と言ったという。それは、金芝河が「死の恐怖に打ち勝った」瞬間でもあった。だからこそ金芝河は、「死を受けいれることで、死に打ち勝ち、死を自ら選択することによって、私たち、すなわちこの集団の永生を勝ちえたのだ」「(死刑判決の宣告は)名状しがたい瞬間だった。私はその時、一人つぶやいた。『ありがとう』。そしてまた、このうえなく『光栄です』」と言いきり、この時、「宗教的な天上の予感」を体験したと言う。

翌年、金芝河は散文詩風の獄中記「苦行……一九七四」を『東亜日報』七五年二月に連載する。それによると、両手に手錠をかけられたまま、あらゆる苛酷な拷問と脅迫を受けたと言う。それは、私たちの想像を絶する、まさに肉体的な「死か生か」の分かれ道で、転向による屈服（死）か、信念を守りぬく（生）かの決断を厳しく迫るものであった。「拷問部屋ではすべての瞬間が死であった。死との対面！　死との闘い！　それに打ち勝ち、ついに闘士の内的自由に帰ってゆくか、さもなければ屈服し、恥辱に覆われ、果てもなく崩れてゆくか」という極限状態の中で、金芝河は最後まで転向することなく、信仰的に覚醒していくのである。「苦行」の中に書かれている、これも捏造された「人民革命党事件」で収監され、獄中で金芝河と知り合った河在完（ハ・ジェワン）に寄せる詩の一部を紹介する。

わが血を呼ぶ
拒絶せよと
いかなる偽りも拒絶せよ　と
闇の中で

灰色の空低く　雨の降る日
あの赤い赤い肉体の闇の中で
カッと見開いたあの両眼が

「苦行……一九七四」は金芝河の「信仰体験の告白」であり、絶対に転向しないという決意の吐露であったとすれば、七五年に発表された「良心宣言」は彼の思想的立場を金芝河自身が初めて包括的に明らかにした重要な文章である。この文章の中で、金芝河は自分が共産主義者でもなければ、スパイでもないと明らかにしながら、当局の捏造に具体的に反論している。そして、大学時代に結核を患う中で、「人がすなわち天である」という東学の教えが「天地を揺るがす喊声の轟のように鳴り響いてきた」が、その一〇年あまり後に、東学党の乱の映像に「神と革命の統一」という名前をつけるようになり、「人が天である」という言葉を「飯が天である」との詩語に置きかえるようになったと告白している。これを金芝河は「革命的宗教」と規定する。その根底には人間、民衆に対する限りなく熱い愛と信頼がある。

「私の思想は、民衆に対する愛と、同時に彼らに対する信頼の中から芽生えた。…民衆を信頼することによって、彼らが自らの運命を切り開く鍵を手にした時こそ、すべての問題は正しい解決に向かうだろうことの確信をもつと同時に、そのような偉大な時代は必ず訪れるということについて、不動の信念を抱くようになった」

「私たちは何のために闘ってきたのであろうか。人間のためにであった。自由で解放された人間、神が創造した本来の姿に人間を回復させるためであった。…独裁と抑圧を維持させるのは安保ではない。独裁と抑圧をはねのけ、自由と民主主義を守ることが真の安保である」(「良心宣言」より)

ここまで簡単に金芝河の獄中での闘い、心の葛藤をへて、「神と革命の統一」という思想に至る過程を見てきたが、それを詳しく知りたい方は七百ページ近くにわたる大部の『苦行　獄中におけるわが闘い』(中央公論社、七八年刊)をぜひ参照されたい。

6　金芝河は変節したのか

「神と革命の統一」を提唱した金芝河だが、八年に及ぶ獄中生活、苛酷な拷問が彼に計り知れない苦痛と、心境の変化を与えたことは容易に推測できる。

八二年に発禁処分を受けた『大説　南』と詩集『灼けつく喉の渇き』を久しぶりに発表した金芝河だが、『大説　南』の根本思想は「生命思想」であった。これについて神奈川大学名誉教授の尹健次（ユン・ゴンチャ）は『現代韓国の思想』（岩波書店、二〇〇〇年刊）で次のように解説している。長い引用で恐縮だが、非常にコンパクトにその真髄を説明しているので、紹介してみたい。

「金芝河は度重なる投獄をへて『生命思想』を提唱し、その後有機農業運動、消費者共同体運動、環境運動などに携わったが、近年は生命運動を超えて、新人間主義運動を唱えるにいたっている。…その思想の根幹は人間内部には全宇宙が生きているということであり、人間同胞を愛するだけでなく、宇宙の万物のなかに霊的な心が生きていることを認め、それらを自分自身のように愛するとき、社会が変わり、地球を愛することができるという。それが『新人間主義』、すなわち新しい人間観であり、『律呂（ユルリョ）』であるという。この新人間主義とは、人間が根本的に変わることを意図し、また律呂運動は、天地宇宙の秩序との調和をめざすことを意味する」

「こうした金芝河の思想は、韓国根本主義ともいうべき性格を帯びているが、それは東学の『後天開闢』思想、さらには古代檀君（タングン）神話の『弘益（ホンイク）人間』の思想につながっている」

　以上、紹介してみたが、読者には何が何やら、よく理解できないのではあるまいか。これは解説が難解なのではなく、金芝河の思想と行動が難解なためである。東学思想までは理解できるが、何故、そこから「天地宇宙の秩序と調和をめざす」ことに至るのか。何故、「古代檀君の神話の『弘益人間』の思想につながっている」のか。「韓国根本主義」という極端なナショナリズム的発想も、左翼人士と言うより右翼活動家の思想を連想させ、まるで新興宗教の教祖が唱える教義のようにも聞こえる。

　この「生命思想」に対し、これまで一緒に闘ってきた運動家や思想家、学生や市民が戸惑い、「汎神論的宇宙論」「一種の形而上学的観念論」として受けとめ、現実の民衆運動とは乖離していったのは当然の成りゆきだったとも言えよう。何故、金芝河は晩年になって「左翼陣営からすれば裏切り者、変節者、戦線離脱者、新興宗教教祖にもなりうる」「その思想はエリート知識人のためのものであって、民衆には抽象的な概念に浄化されており、またその民族論議は特定民族の支配を正当化しかねない精神的ファシズムにつながっているとも批判される」（尹健次）存在になってしまったのか。いくら高邁な思想であろうが、民衆に理解されなければ無用の長物であり、一緒に闘う友を失えばいかなる運動も展開できない。この思想や姿勢は、出獄してから語った「民衆への愛」「革命的宗教」とは似ても似つかぬ、危険な臭いを放っている。

ここに、かつて軍事独裁政権と果敢に闘った抵抗詩人の面影はない。むしろ、民衆から離れ、一人、民主化運動とは真反対の難解な思想の瞑想に耽っているような気がする。一九八七年に「民主化宣言」が出され、韓国社会も曲がりなりにも民主化された自由な社会になったことに安堵し、自分の出番は終わったと思ったのか、二〇一三年に再審で無罪が確定したからか、何が彼をこんなに変貌させてしまったのか。

宮田毬栄は一九九一年に起こった学生たちの連続抗議自殺についての金芝河への批判に、「金芝河は若い生命を愛するあまり、痛苦の言葉を投げたのです。運動家たち、若者たちは打撃をうけ『死者への冒瀆』『金芝河の変質』『金芝河の転向』『金芝河は死んだ』と糾弾する風潮が民主化運動のなかに、韓国社会に広がって行ったと思われます。その偏った金芝河観に苦い思いを抱きつつ…」(『クルトゥラ』二〇二二年七月号)と慨嘆している。

この判断は難しいところで、金芝河が変節したと見るのか、「生命思想」や、朝鮮に歴史的に根づいた東学思想をはじめとする、土着思想に基づいた新しい思想世界を追求しようとしているのか。これについては興味深い金芝河の発言がある。

金芝河は「少数の指導者が組織とか啓蒙をどうこうしようとしたことは昔の話です」

「文学も抒情詩の純潔性とか静けさにふたたび戻っていく…」（月刊誌『新東亜』八三年六月号）と述べ、一九九八年に日本を初めて訪れた際には、新聞記者に「日本では今でも私は二〇代の抵抗詩人のようだが、時は水のように流れた。世の中は変わり、私も変わった」（『毎日新聞』九八年一二月七日付）と心境と作風の変化を語っている。この発言だけで彼の変節を意味するのかどうかということは断定できないが、金芝河が歳月の流れとともに変化し、かつての「抵抗詩人」という「レッテル」を自ら拒絶したことを意味していることは間違いないだろう。

一九九〇年八月五日に放送された「ＮＨＫスペシャル」で、金芝河の救援活動をした大江健三郎（一九三五～二〇二三年）が彼に「ヒロシマの原爆被害」について問うと、金芝河は大江に激しく反論した。その詳細は大江自身が『しんぶん赤旗』二〇〇一年七月に連載した談話の中で、「ソウルで金芝河さんとテレビ討論したことがあります。そのとき、彼は日本人がアジアで犯した犯罪を認めないで、ヒロシマのことをいう権利はないと言った。韓国の民衆はそう思っていると。僕は彼らの考えとしてそれは正しいと思いました。…金芝河さんは実に激しく雄弁に批判した」と述懐している。後にノーベル文学賞を受ける大作家に、こんなことを面と向かって言えるのは金芝河くらいだろうか。この時はまだ、抵抗精神の残り火は残っていたのだろうか。しかし、この金芝河の主張が、もし誰かさんのように「韓国ファースト」で発せられているのなら問題である。

日本人がヒロシマ・ナガサキの被害を持ちだしながら、核廃絶を主張するのは当然の権利である。その問題と、日本政府当局が過去の過ちを認めていない、謝罪していないこととは別問題だからだ。私個人としては、日本政府は韓国に対しては徹底したものではないにしても、何度も過去の過ちを認め、謝罪はしているが、清算をうやむやにした当時の朴政権の責任を追及する姿勢が韓国人には弱いと思っている。

清算の問題で付言するならば、戦後七八年が過ぎた今も日本が北朝鮮とは一切の過去清算を行なっていないことは、北朝鮮のおぞましい国家的犯罪である「日本人拉致」など、いろいろ複雑な問題があるにせよ、やはり重大な日本側の過失だと言わざるをえない。

金芝河はとにかく二〇二二年五月八日に亡くなった。

しかし、彼を悼む記事は韓国でも、日本でも掲載されたが、その扱いはあまり大きくなく、その後も金芝河を論じる文章はあまり見受けない。

在日の詩人、金時鐘（キム・シジョン）は、一九九八年に初めて訪日した金芝河に会おうと言われたが、会わなかったと述懐している。何故なら、「八〇年に長きにわたる投獄から釈放されてからは、人間内部には全宇宙が生きているというような『生命思想』を唱えたりして、抵抗詩人の評判をずいぶん落としました。そんなこともあり…」（『朝日新聞』二〇二二年五月二七日付）、会うのに気が引けたと言うのである。気持ちはよく分かる。今年、九四歳になる彼は「見すごされ、打ちすごされていることに思いがはたらく人が詩人なのです。おもねらず、なびかず、なだれていかず、そうであってはならないことに与しない意志と自省。その中から芽生える詩こそ、あるべき詩だと信じています」（『朝日新聞』二〇一九年八月八日付）という信条をもった詩人だからである。

「和田さん（金芝河救援運動に加わった東京大学名誉教授の和田春樹）らが証言集の取材で（金芝河を）訪れた時は『昔の話には触れない』と前置きし、最後には怒って掲載を拒んだ。『あれほど望んだ民主化が、いざ実現すると、社会の分断を生み、理想に程遠いと落胆して孤立を深めたのではないか』と和田さんは思う」という記事を『朝日新聞』（二〇二二年六月二五日付）が掲載している。

韓国ではどうか。

二〇二二年六月二五日、ソウルで開かれた金芝河追悼式には約六百人が参加し、金芝河を偲んだと言う。国立韓国文学館の廉武雄（ヨン・ムウン）館長は追悼の辞で「金芝河は詩人、思想家、闘士であり、韓国現代史に欠かせない存在だった」と、金芝河の功績を称えた。

左翼系の『ハンギョレ新聞』は五月九日付で、「金芝河氏は韓国現代史のくびきと暴力に全身でぶつかった闘士であり、伝統思想の現代的再解釈を通じて先駆的な生命思想を説いた思想家でもあった」と一応評価しつつ、「彼は選挙結果（朴槿恵が立候補した大統領選）が出た後も、民主化運動圏をひとまとめにして罵倒し、文学や民主化闘争の仲間の実名を挙げて暴言に近い非難を浴びせることで、自身の『思想転向』を完成させるかのごとく態度を固めた」と暴露し、「晩年の過ちを正す機会もなく、彼は帰らぬ人となった」と書いている。

どう金芝河を評価すれば良いのか。「抵抗詩人、民主化の闘士」という肯定的評価があるかと思えば、「晩節を汚した、思想転向した」と否定的評価をする向きもある。金芝河の評価はこれから定着していくのだろうが、輝かしい闘争の半生だけが語られるのはフェアではない。八一年の生涯を通して、金芝河が何を書き、何を語り、どう行動したのかが、公平に検証される必要がある。

私個人の意見としては、不遜な物言いになるが、金芝河が一九八〇年代で亡くなっていたら、晩節を汚すことなく、第二の伊東柱になれたのではないかと思う。もう一度、思いだしてほしい。金芝河は激烈な評論「風刺か自殺か」を書いた抵抗詩人である。そのまま夭折していれば、金芝河の評価は一様に肯定的なものになったことだろう。金芝河は生きながらえたことで、風刺詩人としての輝かしい業績を自ら抹殺したと言えば言いすぎだろうか。

次の節では、金芝河が一九九一年に発表した「焚身自殺批判」と、「告白」、そして九七年に翻訳紹介された詩篇について、当時、私が反論を試みたものを紹介する。金芝河が変節したのか、そうではないのかの判断は、この本を読んだ読者がそれぞれ判断すれば良いと思う。

Ⅱ　金芝河への私信

1　病み、変わり果てた姿で

金芝河（キム・ジハ）という名を愛し、金芝河の詩や長編譚詩、戯曲、評論に人生を転換させられ、勇気づけられた者の一人として、激しい怒りと深い悲しみをもって、この私信を書く。

一九九一年、あなたは久しぶりに私の目の前に現われた。病み、変わり果てた姿で。『朝鮮日報（チョソンイルボ）』九一年五月五日付に、あなたは長文の「焚身（焼身）自殺批判」を発表した。明知（ミョンチ）大学の学生、姜慶大（カン・ギョンデ）君が機動隊に殺された事件をきっかけにして、火砕流のように噴出した民主化運動の高揚の中で、続発する抗議の焚身自殺を、あなたは見当違いの過激さで諌めた。

「いかなる場合にあっても、生命は出発点であり、かつ到達点である。政治も経済も文学も、さらに宗教までも生命の保護、養生のためにあるのであり、その反対ではない。この根本を抹殺しようと言うのか。

「君たちの生命はそれほど軽いものなのか。一個人の生命は政権よりも重い。これがあらゆる真の運動の出発点になるべきだ」

私も生命の重さを何よりも大事にしたいと思っている者の一人である。それゆえ、あなたの詩にも感動したのだ。韓国の学生たちは民主化を要求する運動をして警察や公安に逮捕・拘束されると、牢獄という「大学」で学んだ後、神妙な顔をして「もう二度と反政府運動はしません」と一筆書いてから獄を出ると、また闘うと言う。その話が、私はとても好きだ。生きて闘う、闘って生きる、それこそ闘いの真の姿である。生きて闘ってほしい、いやそうすべきだ、と私も思う。

しかし、政治も経済も文学も生きるためのものではあるが、それらが生命の維持さえ危うくする時、人間は座して「死」を待つのではなく、たとえ行く手に死が待ち受けていようとも、起ちあがって闘う道を選ぶものだ。それは長い人類の歴史が証明している真理である。生命は出発点であり、到達点ではあるが、生命のすべてではない。それは、人間が一人では生きられぬ社会的存在であり、肉親や社会や民族の生命が保持される中でのみ、その生命を保持できるからである。

ところが、あなたは「今はその時ではない」と言う。

「君らが信じているその解放の展望は、確固としているか。目的に対する信念は科学的に確実なのか。もし、それが既存の社会主義であると言うなら、すでに終わった。もし、それでもないなら、民族が滅びる極限状態でもないのに、生命放棄を要求する程度の目的のインフレなどありえず、ただ骨を削る待機と、謙虚な模索があるのみだ。模索する者が、毎日毎日、太鼓を叩き、長鼓（チャンゴ）を打つのか。いったい、その長い歴史から何を学んだのか。何故、挑みかかるのか」

社会参与を唱え、苛酷な現実を痛烈に批判してきた、あなたの言葉とはとても思えない。どうもあなたの方が、歴史から何も学ばなかったらしい。貧富の差は広がり、生活苦が極度に深まる中で、不公平と不正義が蔓延する理不尽な不条理社会への怒り、恨（ハン）が限界に達していることを、焚身自殺による抗議は象徴している。それが見えないほど、あなたの目はアルコールで濁ってしまったのか。酔った鼓膜は、社会差別に苦しむ庶民の悲鳴に、ぴくりとも振動しないのか。

分断と抑圧。アメリカの新植民地主義に支えられた軍事独裁政権による支配体制。異常な状況が四〇年以上も続いている現実。私たちは待ちすぎた。私たちは模索し、沈黙しすぎた。にもかかわらず、待ち、模索し、沈黙しろと言うのか。それは、すべての不条理を従順に受容せよと言うことと同義語だ。

4・19と呼ばれる「4・19学生蜂起」、「光州民衆蜂起」、大統領の直接選挙制改憲を求める民主化要求デモで八九年六月一〇日から「民主化宣言」が発表されるまで約二〇日間にわたって繰り広げられた「六月民主抗争」…。それらの闘いで犠牲になった者たちの死を無駄にし、その歴史的な教訓を無にすることこそ、歴史への反逆である。

ある者は、デモに参加できない障碍のある身を火と燃やし、民主化運動を後の者に託した。彼らを「軽薄に命を捨てた」者とか、「烈士志向者」と罵倒することは、誰にもできはしない。あなたには、国軍によって無残に殺戮された「光州」の犠牲者をも同じように罵倒できるのか。

縫製工場で働きながら、劣悪な労働環境下で長時間過密労働と低賃金で働かせる会社に抗議して、七〇年に「労働者は機械ではない」と叫んで、二二歳の若さで焚身自殺した全泰壱（チョン・テイル）の死は、韓国の地に労働運動や組合運動を根づかせ、労働者が民主化と統一の闘いの前面に立つ契機になった。「光州」で虐殺された多くの人びとの死が「光州世代」を生み、反米自主化の闘いに火をつけた。彼らの死は五〇万人のデモを生みだし、軍事独裁政権を追いこんだ。これを歴史変革のダイナミズムと言わずして、何と言おうか。

しかし、あなたは彼らの死を悼むふりをしながら、彼らの死を受け継いで闘う若者たちに唾を吐きつける。


「世間知らずという言葉も正確ではない。君たちは今、非常に危険だ」

「他人の死を勝手に膨らませ、左右し、政治的目標の下に利用できるのか。そうだと答えるだろう。まさしくその答えに、君たちの病気の根があり、問題の焦点がある」

「今、君らの周りには黒い幽霊が徘徊している。その幽霊の名をはっきりと言おう。『ネクロフィリア』死体愛好症である」

「自殺特攻隊、テロリズムとファシズムの始まりだ」

これは忠告ではなく、根拠のない破廉恥な罵倒以外の何ものでもない。抗議自殺者は組織化された学生活動家だけではない。労働者もいれば、高校生や中年女性もいる。場所も方法も多岐にわたる。自殺志願者を募り、順番を決め、それに従って自殺したとでも、あなたは言いたいのだろうか。

あなたは死体愛好者やテロリスト、ファシストがどのような人間かを知らないらしい。彼らは自由や民主主義や、南北統一のために闘いはしない。まして死にはしない。自由と民主主義に敵対する悪辣な行為を生業とする者たちである。

学生たちの「政治的目標」とは何か。皆が平等に共生できる民主主義社会を築くことである。だからこそ、犠牲になった者の死を民主化の堆肥にすることが生き残った者の責務だと認識し、涙を堪え、遺影を掲げて行進するのだ。自分の死を無駄にせず、民主化の闘いを継続してほしいということが自ら命を絶った者の望みでもある。

あなたは光州の近く、木浦（モクポ）の出身でありながら、故郷の人びとが無残に殺された「光州民衆蜂起」の時にも一言も発せず、酒を呑み、怠惰な生活に明け暮れていた。そんなあなたに、「死を勝手に利用できるのか」という罵声で、学生たちの悲しみと決意を汚す権利はどこにもない。自己擁護と弁明、あるいは民主化運動を誹謗中傷する目的をもって利用しているのは、あなた自身である。ところが、あなたは羞恥心もなく、さらに言う。

「君たちはマクドナルド・ハンバーガーを好み、反米を叫び、戦士を自称しながら、反ファッショを力説した。君たちのスローガンと恰好はすでに瞬発的情熱を離脱し、儀式化された。私はそこに、日本の全学連の没落の臭いを嗅ぐことができる。この矛盾をどうするのか」

この欺瞞に満ちた屁理屈こそ、あなたが長編譚詩「五賊」で痛烈に特権階級や権力者を批判した嘘ではなかったのか。この論理でいくと、偽善者ではない人間は存在しなくなる。環境問題を主張する人間は、排気ガスを出す車には乗ってはいけないという論理であり、文句があっても誰も何も言ってはならぬという屁理屈である。出口はない。閉塞状況の継続しかない。

付言すれば、日本の学生運動は最後には暴力化し、「浅間山荘事件」に見るように武装化したあげくに仲間まで殺し、海外に進出してテロ事件を起こすまでに変質してしまったが、韓国の学生運動はまったく違う。自分を犠牲にすることはあっても、仲間を殺し、テロをしたわけではない。民衆の支持も厚いものがある。何故、同じ「没落の臭い」を嗅ぐことができるのか、まったく理解できない。

烈士と言われた全泰壱の母親が、息子の遺志を継いで労働運動の先頭に立ったように、「小英雄主義者」と罵倒された林秀卿（イム・スギョン）（八九年七月、平壌（ピョンヤン）で開催された第一三回世界青年学生祭典に主体思想（チュチェササン）派の全国大学生代表者協議会は代表を送ろうとしたが、当局に阻止されたため、彼女を密かに訪朝させ参加させた）の母親が、彼女が投獄されることによって民主化運動に目覚めたように、彼らの死や学生の運動は独善的なものではなく、民衆の怒りを反映したものであった。両親は我が子を誇り、民衆も彼・彼女らを誇った。

運動には紆余曲折があるものだ。焚身自殺が過激な犠牲精神にのっとり、あるいは一部の主思派(チュサパ)（主体思想派、北朝鮮の金日成(キム・イルソン)主席の指導思想・主体思想に感化された学生組織）が極左的な運動を展開したことは事実だが、学生たちの民主化運動には困難こそあれ、「没落の臭い」はしない。あなたが嗅いでいる悪臭は、あなた自身の腐った肉体と精神の腐臭ではないのか。

学生が身を焼きながら飛び降り自殺をするのを見て、南北統一のために北朝鮮を訪問することを決意し、姜君の葬儀委員長をつとめ、その後に投獄された文益煥(ムン・イクファン)牧師と、あなたは何という違いであろうか。

2　暗い井戸の底で騒ぐ蛙

あれは高校二年の夏だった。本屋で偶然、あなたの詩集に出会ったのは。渋谷仙太郎訳『長い暗闇の彼方に』。六二〇円。昼食代を切り詰め、一冊二〇円の文庫本を古本屋であさるのを常としていた私には、ちょっと手を出すのが辛い新刊本。それに「キム・ジハ」が何者なのか、どのような詩集なのか、私にはまったく情報がなかった。迷った。一度、二度と棚に戻しては帰りかけた。しかし、妙に心に引っかかるものがあり、ここで買わないと、とても後悔するような予感を覚え、誰かに奪われるのを怖れるように棚から取ると、目をつむってお金を払った。

詩集『黄土』や長編譚詩「五賊」、評論「風刺か自殺か」。韓国人が書いた文学作品に触れることさえ初めての私にとっては、大きすぎる衝撃だった。後頭部をハンマーで殴打されたような衝撃。読み終わり、しばらくして私は泣いていた。同じ民族なのに、自分は異国でぬくぬくと何をしているのかという、猛烈な羞恥心と後悔の念が私を襲った。

この胸の熱さはどうしてなのか
浮わついた世間の世渡りがまずかったんだよ
立ちこめる埃のため熟練ない目のなかに
いち早く飛びこむものはきまって
首を切られた鶏の身ぶるい
痩せこけた子どもの額の青筋
どうしてなのか

思いはかなわずしばしばはずれて
単衣ひとつで過ごす冬に似た何か
生きるとは、貧しさとは、このおちつかないやるせなさとは
わからない、どうしてなのか
空缶を電柱高く掛けたまま
その下で凍え死んだいたいけな乞食の死体の前で
胸の血が狂ったようにたぎるのは
どうしてなのか。

（「わからない」全文）

私が朝鮮人として再生しようと決意した理由の一つに、あなたの詩との出会いがあった。もちろん、そんなことはあなたのあずかり知るところではなかろうが、あなたは私の人生にも大きな影響を与えてしまったのだ。韓国の若者にとっては、あなたはさらに大きな存在であっただろう。

大学に入って朝鮮語を学んだ私は、あなたの新しい作品を訳してみたいと素直に思った。そう密かな夢を抱いてはいたが、すでにあなたの作品はその多くがすでに先人たちの手で

訳されており、そしてあなたは何度も投獄され、最後に釈放されてからは長い沈黙に入った。その沈黙を破って、やっと世に出した『大説　南』も、エッセイ『飯』も、残念ながら私が訳したいと願っていた作品ではなかった。不吉な予感がよぎったが、希望をこめて私は否定しつづけた。苛酷な闘争に、そして長い牢獄生活に繊細な神経が疲れているだけなのだ、と。

しかし、あなたは「心やさしきエコロジスト」「生命論者」に変身していった。私も自然破壊に怒りを覚え、有機農法や無農薬栽培、いわゆる自然農法を支持する一人だ。住民主権の市民運動、地方自治の強化にも共鳴を覚える。

「労働者たちは、今や『生』の質を求めており、経済価値より生命価値であり、生命力と労働意欲の触媒基準を生命基準に求める時がきている」

まったく同感だが、韓国の現状はそれを論じる以前の段階にある。さらに、生命価値を追求するのなら、同時に、いやそれ以前に社会変革を追求しなければ、己一人が生きのびていければ良いという利己主義的価値観にすぎなくなる。

資本主義社会は生産、消費を不断に膨張させることで成立する。自転車のごとく、ペダルを踏みつづけなければ倒れてしまう。経済効率、つまり収支が黒字であれば、社会に不必要な物でも大量に生産しつづける。同時に大衆を浪費者として教育し、誘導する。こうして大量消費社会、使い捨て社会が現出する。農薬、食品添加物をたっぷり使用した食品が売れる社会。自然破壊ばかりか、人間破壊までも加速度的に進み、今や危機的状況にまで陥っている。

このような危機的状況に危機感を覚えるのは当然のことだが、いくら「生命運動」を提唱しようが、この資本主義の社会的構造をそのままにしておいては、暗い井戸の底で鳴き騒ぐ蛙にも劣る。

この構造を変えるために闘っている学生たちを、あなたは生命論者の立場から単純に「暴力主義者」と断ずる。

「自分でも確信できぬ幻想的展望をもって、いったい誰を指導し、誰を扇動しようというのか。しかも、死を称え、要求するのか。正気なのか」

「それが政治なのか。はっきり言うが、政治とは道徳的確信に基づいた厳密な理性と数学の世界だ」

韓国の民主化運動の先頭に立ったのは、つねに学生であった。「4・19世代」の一人であった、あなたがそれを知らないはずはあるまい。いつから、あなたは儒学者になり、冷徹な政治学者になったのか。時代変革、社会変革の力は理性でも数学でも、ましてや従順さを強いる物分かりの良い道徳でもなく、不条理な現実への怒りであり、変革への尽きない情熱であったはずだ。

しかし、あなたは学生たちの火炎瓶闘争を「悪戯に近い生命抹殺衝動」と罵倒し、「おびただしい死を賛美する国籍不明の奇怪な歌、君らが好む軍靴と軍服、集会とデモのたびに露出される軍事的な組織宣言」と誹謗中傷する。

勉学を続けたくても、徴兵され、軍事教練に駆りだされている学生たち。石礫と火炎瓶が軍事的と言うなら、催涙弾や棍棒や銃器は何と言えば良いのか。「悪戯に近い生命抹殺衝動」を覚え、強行しているのは軍事独裁政権の方ではないのか。

韓国の民主化運動は、七〇年代とも八〇年代とも比較にならないほど成長し、発展している。学生たちは自己批判と論議を重ねながら、その意識は高い水準に達している。反米自主化という新しい意識の下に展開されてきた運動に、あなたはついていけないらしい。古びた既存の概念から抜けだせないのなら、井戸の底で黙っていれば良いのである。

かつて、権力の横暴な組織的暴力に抗する「芸術的暴力」を強く訴えた詩人が、後輩である学生たちを暴力の「扇動者」と中傷するとは、何という皮肉な末路だろうか。自らの主張を自ら否定する。「風刺か自殺か」と若者に鋭く迫っていた本人が、「自殺は特攻隊、テロリズムとファシズムの始まり」と愚弄する。これは自己否定の悲哀でなくて、人間的堕落でなくて、さらに思想転向でなくて、いったい何であろうか。

3　民衆に「自殺」を強いる「告白」

学生を非難する前に、あなたは「自己批判」することも忘れなかった。さすが「詩人」と言おうか、巧妙と言おうか。「私は泥棒」とあなたは「告白」する。

「①酒場の女たちを妊娠させたが堕胎させ、そして捨てた②略歴に4・19に参加とあるが引っ越ししていて参加していない③『良心宣言』は自分が書いたものではない④転向書は書けと言われるたびに書いた⑤名誉への執着が強く、とんでもない英雄意識、色情的、傲慢、冷酷、マザーコンプレックス、宗教的幻想、性的妄想が激しく、アルコール中毒、ルームサロンにも行った⑥政治には初めから興味はないが、精神的指導者にはなりたいという野心が心の奥底に黒くとぐろを巻いている⑦酷い精神分裂症であった…」

（『東亜日報』九一年二月一七日付、以下同）

これが、あなたの「告白」のすべてである。取るに足りないと言ったら、言いすぎだろうか。誰もが同じような過ちを犯し、心の悩みや、自己矛盾の苦しみを背負って生きている。完璧な人間など、この世にはいない。いや、完璧でないからこそ人間なのである。

「私は明らかに人格的に失敗した人間である。だが、告白を通じて生まれ変わりたいし、明と暗の対極を統合させることで自己実現したいと思う」

「顧みれば、芝河というペンネームを使いだしてから、私は混濁した闇に囚われ、明るい光を見ることができなくなった。私の本名である金英一（キム・ヨンイル）という、おとなしい名前を取り戻したい」

あなたは懺悔して、作られた「偶像」の重圧から解放されたかったらしい。だが、4・19に直接参加していなくても、横暴な権力と闘う詩や戯曲などを書いた意義はいささかも殺がれることはない。それなのに何故、今になって「告白」するのか。それも、一握りの特定の者しか喜ばない「告白」を。

教会で個人的に懺悔するのは勝手だが、新聞という公共の手段を利用して「金芝河」を否定したことこそ、あなたが犯した最大の罪である。あなたから離れ、独り歩きをしている輝かしいその名を汚し、自分の過去の作品に唾することは、すでにあなた自身にも許されない行為である。

作家や詩人たる者が必ず善人であり、模範的な生き方をしなければならない、などと言っているのではない。煩悩多き存在が人間であるなら、その人間を描く者もまた悩める一人のか弱い存在なのだから。しかし、それを認めた上で、何らかの出口を求めて模索しながら生きる人間を描き、自分もそうありたいと願うのが、書く者の使命であり、責務ではないだろうか。

しかし、あなたは自分自身を辱めるだけでは事足りず、社会全体を愚弄し、民衆に「告白運動」なるものを無理強いする。

「この社会は泥棒予備軍で満ち満ちた社会である。機会が与えられないからそうしないだけで、機会さえ与えられれば、たちまち、それこそどんなことでもやる精神的な準備のすっかり整った人間たちの天地である」

「ガンは社会全体に転移している。この社会は泥棒社会である。大きな精神革命なしには、治癒も創造的な権力委譲も不可能だ。誰もが同じ穴の狢(むじな)なのだから」

敗戦した日本国民がかつてやった「一億総懺悔」でもしたいのか。「総懺悔」とはすなわち、誰も責任を取らず、誰も反省しないということである。「鬼畜米英」が一夜にして「ウエルカム・アメリカ」「親愛なるマッカーサー将軍」に身を翻すということである。

長篇譚詩「五賊」で権力者を痛烈に風刺、批判した詩人が、今度は民衆に向かって「おまえらはみんな泥棒なのだから、罪を告白せよ」と脅迫する。あなたは民衆に対する信頼も、愛情も捨ててしまったのか。ひもじさのために盗み食いし、捕まって拷問された「五賊」の語り部、クエスへの熱い愛を、いったいどこへ捨ててきたのか。それとも、クエスへの愛は初めから嘘、虚構だったのか。

庶民を「盗み食い」に追いやるのは誰か。それを見ずして「精神革命」を唱え、「四千万賊」(当時の韓国の人口)を批判することは、「五賊」(権力者、特権階級)を批判しないということだ。これは、あなたが意図したことなのか。それとも利用されているだけなのか。

もし、利用されているだけだとしても、「私を金英一という名で呼んでくれ。私は金芝河から解放されたいのだ」と言いながら、最近のすべての文章を「金芝河」という名で引き続き精力的に発表しているのは何故なのか。

あなたが旗振りを買って出た「告白運動」「生命運動」は、非常に危険な思想をばらまいている。危険な新興宗教の詐欺的な教義にも通じるものだ。まさか、あなたは新興宗教の教祖になりたかったわけではあるまいが、結果的には民主化運動を骨抜きにする毒素を内包していることは間違いない。それは、大衆が自分を中流階級と錯覚し、政治的無関心に陥り、従順で管理しやすい社会にすることを「民主化」と称する権力者にとって、願ってもない援護射撃となる。その上、かつての「抵抗詩人・金芝河」の名は、大衆に幻想を振りまくに十分すぎる影響力をまだ持っている。

それは、あなた自身が一番よく知っている。知っていて自ら「告白」し、大衆に「告白」を強要する。一人で陥穽に落ちていくのが怖いのか。すべての人間を罪人にして、道連れにすることで、少しでも楽になりたいのか、「解放」されたいのか。変節者や転向者の常套手段と理論を平気で使うあなたは、変身ではなく、変節したのか。その答えは、あなた自身が語っている。

「出獄後は、多くの人に転向書は書いたのかとよく尋ねられた。はっきりさせておきたいが、私は何度も書いた。『蜚語』事件の時はきわめて卑屈に、民青学連の時はきわめて堂々と、八〇年出獄の時には堂々かつ卑屈に、そして最後の時には臆面もなく『酒を呑ませてほしい』とまで書いた。そのせいか、出獄後、全斗煥政権関係者に何度も酒を奢られたし、牛肉だの、林檎だのを贈られた。私は大物になった気分を楽しみながら、平気でもらって食べた」

あなたは「金芝河」という存在に無意味な、いやきわめて危険な火をつけ、歴史に逆行する「焚身自殺」をしてしまった。その「自殺」を大衆にも強要している。あなたも詩人なら、己の心の中だけで一人苦悩し、人知れず黙って一人で死ぬべきだったのである。

（一九九一年六月、『朝鮮時報』連載、一部加筆訂正）

Ⅲ　在日朝鮮人M氏との往復書簡

1　M氏の書簡

前略。

あなたの「金芝河への私信」を読みました。私も金芝河の名を愛する者の一人として、また、あなたの詩集『樹の部落』の精神を愛する者の一人として、「私信」について意見を述べたいと思います。

金氏の「焼身自殺批判」に対して、「見当違いの過激さ」と断じたあなたの批判も、彼に劣らぬ激しさでした。金氏とあなたの激しさ、朝鮮民族の激しさが好きです。不正腐敗を見て見ぬふりをする今日の日本人よりは、過剰なまでに反応する朝鮮人の激しさが好きです。

金氏は民主化闘争そのものを批判しているのではなく、闘う方法が間違っていると言っているのです。あたかも燃えている火が消えないよう油を注ぐかのように、闘争の火を持続させるために命を燃やし続けるやり方は、今度の運動のすべての目的を遂げようとする発想であり、短絡的にすぎると思います。

目的さえ良ければ手段を選ばぬ思考方式は、民衆の共感を得ることはできません。死を恐れず闘うことと、死を闘いのエネルギー源にすることでは全く異質なものと言わねばなりません。

それが計画的なものでなく自然発生的なものであったにせよ、自殺者を愛国烈士として賞賛し、英雄化する儀式と、連鎖的に起こる焼身自殺が、多くの親兄弟たちに不安と危機感を抱かせたことは否定できません。

金芝河氏はこのような民衆の不安を逸早く察知し、民主化運動の危機を予感し、後輩たちへの厳しい批判となって現れたものと受け止めたいのです。今度の韓国の地方選に於ける野党の予想以上の惨敗は、そのような民衆の不安の反映だと見るべきでしょう。

彼特有の毒舌は、敵に対した時と同じように味方の過ちに対しても厳しいものでした。しかし彼の批判は、焼身自殺とその英雄化に対するものであって、民主化運動に対する敵意はなかったと思います。

あなたは書いていますね。「(民衆の) 恨が限界に達していることを、焚身自殺による抗議は象徴している。それが見えないほど、あなたの目はアルコールで濁ってしまったのか。酔った鼓膜は、社会差別に苦しむ庶民の悲鳴に、ぴくりとも振動しないのか」と。

金芝河氏に代って答えてみたいと思います。日本という安全地帯で安眠に耽けて寝ぼけたあなたの目には、韓国の現状が全く見えていないようですね。そして、あなたの心は南の庶民の悲鳴は聞こえても、北の庶民の悲鳴を感じることはできないようですね。あなたの批判文には、南の民主化運動の前途についての考慮が欠けているように思えてなりません。

独裁者がしつらえた舞台の上で独裁政権を弁護せねばならぬあなたたちは、南のファッショ政権だけを非難し、南の民主化運動を支援することに何の矛盾も感じないのですか。君子の仮面を被った暴君の前で、君子と思いこんでついて行く人は愚か者であり、実態を知っていながらついて行く者は悪人と言えるでしょう。かつて私も、その愚か者であったことを告白します。

次に、あなたが批判している「生命論」について考えてみたいと思います。私は彼の「生命論」と「告白運動」について詳しいわけではないですが、日本の雑誌に紹介された部分と詩人・崔夏林（チェ・ハリム）の「芝河への公開書簡」を参考にしながら、私の意見を述べてみたいと思います。

私が最初に彼の「生命論」に接したとき、早すぎた予言の感なきにしもあらずでした。しかしその後、資本主義の自然破壊、人間破壊が一層露骨に進む中で、富のための暴走を食い止めるには、金氏の生命論がかなり有効である、と思えてきました。今日、世界的に広がりつつある自然保護運動とも通底するものがあり、二一世紀の価値基準になりうると思います。

あなたが分析した資本主義の構図、つまり、儲けるための大量生産、使い捨て社会、自然破壊、人間破壊にまで陥っている危機的状況が、必然的に生命論を生み出させたのではないでしょうか。

「私信」の中であなたは「時代変革の力は理性でも数学でも、まして従順な物分かりの良い道徳でもなく、不条理な現実への怒りであり、変革への情熱である」と書いていますね。運動に起ち上がらせる原動力となるものは、確かにあなたの言う通りでしょう。しかし、その運動を成功させるには、金氏の言う道徳的で厳密な理性と数学的計算が必要だと思います。

あなたも金氏も共に南の民主化運動を支持する者でありながら、二人の間には決定的な違いがあります。あなたが、ノ・テウ政権打倒、光州の再現を期待していたのに対し、彼は、光州の悲劇は繰り返されるべきではないと考え、ノ・テウ政権打倒よりも、さらなる闘いを視野に入れていたと思います。長年の闘争を通して彼は、世の中は少しずつしか変わらないことを知っていたのです。

新しい民主化運動の出口を模索していた彼は、「やれ、やれ、徹底的にやれ」式の無責任な扇動には憤りを感じていたに違いありません。焼身自殺に対する異常なまでの激しい批判は、そういういら立ちの現われだと思います。

生命論の延長線とも言える「告白運動」は始まったとき、彼の友人や後輩たちの中から「芝河は我々を捨てたのではないか」と不信の声をあげる者がいたが、反面、「新鮮な衝撃」として評価し、「芝河は運動の新しい飛躍を夢みているのではないか」と期待をよせる声も多かったようです。

彼の告白を読んだ私も、新鮮な衝撃を受けた者の一人であり、恥を知るには勇に近しの感に打たれました。化石化した固定観念が崩壊した今日、新秩序の突破口を模索する上で、告白運動は有効な手段になりうると思います。

個人的な告白運動が社会的な運動として展開され、公の自己批判から理性的な社会批判へ、そして、支配官僚の内部告発にまで発展するならば、体制派、反体制派の集団エゴのぶつかり合い状況を克服し、新しい民主化運動を進める上で大きな力になりうると思えるのです。

時代と共に金芝河も変わりましたが、あなたが思っているような「変わり果てた姿」でもなく、変節者でもありません。新しい時代にマッチした価値基準を見出すために、彼は死にもの狂いでもがいている、と受け止めたいのです。新しい理論が完成するまでには、論理的混乱や試行錯誤がつきものです。

金芝河の友人であり、同志でもあった崔夏林氏は「金芝河への公開書簡」の中で、告白運動が、七、八〇年代の民主化運動の意義を一朝にしてひっくりかえす結果になりはしないか、そして、権力側に寛容を施すことになり、民主化の速度を遅らせる結果をもたらしはしないか、と憂慮の念を表わしながらも、金芝河への信頼は揺るぎないものがありました。

世界が新しい秩序を必要としたとき、時代を先取りした彼の行動力は注目に価すると思います。ハンサルリム運動、生命論、告白運動など、ここ数年間における彼の活動は、従来の固定観念、つまり、資本主義と社会主義、韓国と北の共和国を対置させる思考方式から解放されるため、その出口を手探りしていると見るべきではないでしょうか。

詩人にとって最悪の悲劇は、誤解によって賞賛されることである、とある詩人が言いました。金芝河がそういう詩人にならないよう祈っています。そして、あなたの詩集『樹の部落』に対する私たちのグループ（在日朝鮮人作家を読む会）の高い評価が、誤解によるものでないことを祈ります。

北の共和国や総聯と同じく「敵の敵は味方」の論理で南の民主化を支援するならば、民主主義の普遍性を保つことはできないでしょう。

一九九一年七月一〇日

（注・原文ママ）

2　M氏への返信

拝復。

長文のお手紙を拝見し、深く考えさせられました。

私が「金芝河への私信」を書いたのは、まず何よりも金芝河の最近の発言を正確に伝える必要性を痛感したからです。それによって、この複雑で困難な問題に関して、多くの論議が沸き起こることを願ったのです。その点で言えば、あなたの手紙は私にとって喜ばしいものでした。

実は、私自身、韓国の新聞各紙に掲載された原文を読むまでは、金芝河がここまで変質しているとは知らなかったのです。いや、そう思いたくなかった、と言った方が正確かもしれません。

日本の新聞で紹介された金芝河の焚身自殺批判だけでは、何故、韓国で金芝河批判がここまで激しく噴出しているのか理解できませんでした。しかし、金芝河を愛し、信じてきた私には、韓国の各紙に載った彼の文章は、衝撃以外の何ものでもありませんでした。

私は夜道を帰りながら、悔しく、悲しく、そして裏切られたことに対する突きあげる怒りで、気がついたら涙を流していました。そして、彼への私信を書く決意をしたのです。あなたが言うように、安全地帯にいる私に金芝河を批判する文章を書く資格があるのか、命をかけて闘ってきた詩人を批判する立場にあるのか、などと悩みましたが、たとえ私の力が非力であろうと、金芝河を愛してきた、そして愛している者の一人として書くべきだと決心したのです。

さて、社会の事物現象については人によってさまざまな見解があり、解釈があります。今回の問題のように非常に微妙で複雑な場合は、一層そうでありましょう。金芝河が変節したと見るべきなのか、それともあなたの言うようにあくまで闘争方法への批判であって、変節したのではないと見るべきなのか。まさに難しい判断です。それに、金芝河のこれまでの作家活動と行動への敬意があります。

しかし、私は金芝河の現在の思想自体が非常に危険なものを内包していると見たのです。私自身、右か左かの闘争自体には限界があると思っています。今、人類は主義主張や思想の違い、国家の立場の違いなどで争っている時ではない、地球との共生、つまり他者や自然とどう共生していくかを真剣に考えるべき時だとも思っています。その点で、金芝河の唱える「生命論」に本質的に反対するものではありません。どちらかと言えば、私も彼の「生命論」と同じような考えを持つ者です。

しかし、目の前に抑圧する者がおり、抑圧される者が実在する場合、分断の継続か、それとも南北統一かという切実な問題が提起されている場合、さらに生きるという行為自体が危機にさらされている場合、それを無視して、あるいは軽視したまま生命論を論じることは、生命論が立脚する根拠そのものを無視することになりかねません。

自然破壊、人間破壊で人類を危機的状況に追いやる資本主義の構造を変革する努力を放擲しては、根本的な問題解決にはならないと思います。社会主義にさえなれば、自然と人間破壊がなくなるなどと考えているわけではありません。変革すべきは変革していかなければならないでしょう。しかし、アメリカの新植民地としての韓国の現状の枠組みをそのままにして、いくら素晴らしい「生命論」を提唱したところで、詮無いことではないでしょうか。

さらに、もう一つ付け加えるなら、権力を握っている者は自ら進んで権力を手放そうとはけっしてしないということです。「支配官僚の内部告発まで発展するならば」と、あなたは希望的な意見を述べておられますが、残念ながら世の中はそんなに甘くありません。改良主義、あるいは修正主義とは、あくまで既存の自己の体制を守るということであり、その枠内で許されることだけをやるということです。ましてや韓国の現政権が根本的に、そして構造的に民主主義自体を許容できない体質を持っているのですから、何をかいわんやではありませんか。民主主義のための「内部告発」など誰がするでしょうか。もし韓国の現政権が民主主義を実施するとしたら、それはまさに民主化運動の圧力に屈した結果でありましょう。民主化された韓国社会は二度と軍事独裁政権の出現を許さないはずです。

ここまで話が至れば、結局は誰の立場に立って物を考え、行動し、物を書くのかという根本的問題に言及せざるをえません。私はあくまで民衆の一人として、民衆の側に立ちたいと思っております。あなた自身はどうなのでしょうか。

告白運動の精神は、これから朝鮮民族みなが考えていくべき問題ではあるでしょう。他者の責任を追及するだけでは問題の解決にはなりますまい。自らが自らの自主性、主体性を厳しく問い続ける作業の必要性を、私も私自身の問題として切実に感じております。しかし、今この時期に、こういう状況下で、告白運動をするということは何を意味するか。しかも金芝河というあまりにも有名になりすぎた名の下に、新聞という公共の媒体に発表することは、誰にとって利であり、誰にとって不利になるのか。それをよく考えてみなくてはならないと思います。

あなたの言うように「後輩たちへの厳しい批判」であるなら、違うやり方はいくらでもあったのではないでしょうか。私はそれが残念でならないのです。

焚身自殺批判についても、同じようなことが言えると思います。

「私信」にも書きましたが、私も抗議自殺に賛成する者ではありません。民主化運動をしている学生たちでさえ、自殺を良しとする者はいないと思います。自死した者の葬儀をしながら、彼らの胸に去来した感情を思うと、私は堪らなくなります。死なねばならなかったことを悲しみ、悔しさや憤りを感じながらも、その死を無駄にすまいと決意せざるをえない、その胸の内をです。それを、金芝河のように「政治的利用」だとは、私にはとても思えないのです。

なお、あなたの意見は尊重しつつも、一か所だけ訂正をお願いしたい部分があります。私は日本という「安全地帯」にいますが、「安眠」しても「寝ぼけ」てもいないつもりです。韓国の現状について、あなたと認識の違いはありましょうが、私は私なりに現状を把握しているつもりです。あなたも、あなたなりに認識しているはずです。その見解が違うということで、このような言葉で論理を展開するのは、けっして品のある行為ではないと思います。

また、私の「私信」は金芝河に関して韓国の問題を書いたのであって、北朝鮮の問題を書く文章ではありませんでした。あなたは、「北の庶民の悲鳴を感じることはできないようですね」と書いておられるが、私の「私信」はそういうことを書く場ではなかったのです。あなたのしっかりとした論理の展開が、この部分だけ感情的に乱れているように思います。

私は統一した朝鮮民族、統一国家を祖国と思いたいと願っている者です。その観点から、韓国の民主化運動も見ております。何も北朝鮮の世襲独裁政権を擁護するために、韓国の政権を非難しているのではありません。南北統一に逆行するものであるなら、北朝鮮政権も批判の対象になることは自明の理、あまりに当然のことです。

あなたのこの部分の主張こそ、右か左かの二極論から脱却できていないことを証明しているのではないでしょうか。北朝鮮を批判してはいけないと言っているのではありません。北朝鮮もさまざまな問題を内包しています。しかし、金芝河を論じる文章で、何故、北朝鮮の問題をここまでお書きになるのか、私には不思議でなりません。

最後に、私は金芝河の再生を信じています。私は金芝河の行なってきた文学活動を高く評価し、尊敬し、普遍性を持ったものだと思っております。しかし、彼は「金芝河」を捨て、金英一で生きたいと言っています。私は金芝河を愛したのであり、金英一の仕事はまだ目にしておりません。何故、そう宣言してからも金芝河という名で書き続けるのか、私には理解できませんが、もし今発表しているものが金英一の仕事だとしたら、私は金英一を批判しつづけるでしょう。

私が書いた「私信」で、私の詩への評価が変わろうと、それもまた詮無いことです。大事なことは、私は「暴君を君子と思いこんでついて行く」「愚か者」でもなければ、「悪人」でもなく、ただ自分の信じることを、何者にも恥じることなく書いている、一人のしがない詩人であるということです。無名の民衆の一人であるということです。

まだ一度もお会いしたことはありませんが、あなたのご健康とご活躍を心より祈念いたしております。

敬具

一九九一年七月一七日

趙南哲

Ⅳ　敗北と裏切りの「抒情」

1　抵抗詩の流れに逆行する「回帰」

「金芝河（キム・ジハ）」という名を回想する時、悲しみや憤怒、あるいは哀れみの混濁した苦味が口中に広がる。しかし、時代に置き去りにされ、忘れ去られた過去の名を、変わり果てた姿のまま蘇生させようとする者たちがいる。それが人びとを惑わせ、たぶらかす。その本性を見極める必要がある。混迷と彷徨の時代の怒濤を乗り越える一助にするためにも。

月刊誌『新潮』一九九七年二月号が、金芝河の最近の詩（一九八六〜一九九六）を渡辺直紀の訳で掲載し、文芸評論家の川村湊がそれを解説している。

「…体制風刺、社会批判の『五賊』『蜚語』の詩人としてのみ金芝河を読んでいた人間ならともかく、抒情詩集『黄土』でデビューしたキム・ジハとして知っている読者にとっては、彼が『生命』を語り、『後天開闢』を語り、女性・母権中心の文化を語り、そして何よりも小市民的ともいえそうな女性への愛を歌う『エリン』の連作詩を書いたということは、ある意味では本来の抒情詩人キム・ジハの回帰であるといえるのだ」

金芝河はさまざまな顔を持つ創作者である。もちろん抒情詩人として、そして軍事独裁体制と特権層の横暴と腐敗を痛烈に批判した風刺詩人、「銅の李舜臣（イ・スンシン）」「糞氏物語」などの戯曲で韓国の社会問題を鋭く抉った劇作家、「風刺か自殺か」などの激烈な文芸評論を書いた評論家として。どれをとっても一流であり、だからこそ彼は時代の寵児となり、韓国民主化運動の象徴的存在となりえたのであった。これらの総体が「金芝河」であってみれば、抒情詩人としてだけ彼を論じるのには初めから無理がある。

それを指摘した上で、あえて論点とするならば、金芝河の初期の抒情詩はきわめて社会性が強く、現実の不条理と矛盾を鮮やかに切り取ってみせている。詩集『黄土』（渋谷仙太郎訳『長い暗闇の彼方に』所収）後の鋭い刃のような風刺詩や戯曲の萌芽、いや、そのすべてがすでに内包されており、さらに抒情詩であるがゆえに、むしろその悲しみや怒りは深く、激しく、鋭い。

風立ち
つむじ風、陽射しをさえぎり
刃がそそり立つ黄土に盲(めしい)となったのさ
灼けつく南は
反乱のくに

抵抗し、斬られた首がまた叫ぶ
叫ぶ。引き裂かれた腕が
またも抵抗する

（「南」より）

さようなら
泣かないで、行ってくるわ
白い峠、黒い峠、渇いた峠を越え
足どり重いソウルへの道
身を売りに

（「ソウルへの道」より）

このような悲惨で苛酷な現実を真正面から見すえながら、のみならず金芝河はそれに立ち向かい、闘っていく姿勢までも毅然と示す。

黄土の道にあざやかな
血潮の跡、血潮の跡にそって
私はゆく、父よ
あなたは逝き
いまは黒ぐろと陽のみ燃ゆるところ
両手に針金くいこみ
灼けつく陽ざしが
汗と涙と蕎麦(そば)畑に照りつけ
銃と刃(やいば)のもと、灼熱のなかに
私はゆく、父よ

（「黄土の道」前半部分より）

ここに迷いはない。この苛烈な抒情には一点の曇りもない。しかし、この最近一〇年間の詩には、そのような強靭で透明な詩精神は跡形もなく消えうせ、あるのは今にも壊れそうな脆弱な、現実から逃避するだけの、しがない中年男のぼやきしか聞こえてこない。

怖い
刃が目につけば
刃をとって誰かを突くようで
自分を刺すようで怖い

（「悪魔」より）

以前はみなぎっていた
あらゆる思いは跡形もなく
何もないところに
干からびた木の陰ひとつ

（「以前は」より）

青空にかかった半月
西に傾く赤い陽
黒い樹の幹を見ても
にやりと笑う
齢とは何だろう
笑いながら天地と向き合う
このごろの癖。

（「このごろ」より）

ひ弱な抒情を披歴するだけではない。民主化のために闘う者たちをも愚弄する。死を賭して闘う学生を「ネクロフィリア（死体愛好症）、自殺特攻隊、テロリズムとファシズムの始まり」（『朝鮮日報』九一年五月五日付）と、口をきわめて罵った時のように。

二十歳ならば
あるいは

私も行き誤ったろう
行って悔やんだろう
（中略）
何事もなく
三途の川を越えよ

（「滌焚」より）

このしたり顔の「悟り」、世捨て人のような諦念は歳をとったからだけではあるまい。分別のある大人、老獪な人生の先輩になったということでもない。鮮烈な抒情は必ずしも年齢に比例しない。人生を重ねようが、瑞々しい抒情はもてる。若者であれ、見る眼の死んだ、そして腐った詩人は山ほどいる。要は、その詩人の生きる姿勢の反映としての抒情がどのようなものか、なのである。

「『転向』よりも、むしろ詩人の本来的なものに帰趨し、回帰してゆく運動のプロセス」と言う川村湊の評価は、文芸評論を生業としている者の主張とも思えないほど、同情心に満ちている。現代詩における抒情とは花鳥風月を愛で、わび・さびや、ひ弱な感受性の慄（ふる）えを表出するものではないことは周知の共通認識ではないか。「本来的なもの」とは何か。

詩集『黄土』の抒情は抵抗精神以外の何ものでもなかったはずだ。何をもって「回帰」と言うのか。川村湊は、金芝河の本来の詩精神は「丸く柔らかなものを見つめる目」だ、とでも言いたいらしい。

何もかも丸く、柔らかく、ふわふわとして
何もかも軽く、明るく、小さく、透き通っている
ボール、風船、シャボン玉、りんご、ぎんなん、みかん、
紫陽花、れんげ、すいか、真桑瓜、わた飴、入道雲、猫の背中
子供のあご、若い女たちの尻、白い古壺、丸いだけの円
そして
エリン
おまえの小さな柔らかな胸に触れたいから。
（「欠乏」より）

ここに存在するのは郷愁、憐憫、逃避、甘え、子宮回帰＝母親崇拝・女性依存のようなものである。川村湊に言わせれば、「視覚、味覚、触覚のエロス的在り方」であり、「永遠

に女性的で、慰撫的で、救済的なものの比喩の連なり」である。こんなものは現代詩人であれば程度の差こそあれ、誰でも描く、ありふれた、襤褸のように使い古された抒情であり、新鮮味も、驚きも、新たな発見も何もない。付言すれば、この程度の抒情では、三流詩人の習作と競うことさえ難しいかもしれない。

ただ、いみじくも川村湊自身が指摘しているように、一九六〇年代の韓国の最大の民族詩人と称えられる申東曄（シン・ドンヨプ）（一九三〇～六九）の長詩『殻は失せろ』の中の「そのすべての金物は失せろ」という表現、すなわち民族や民衆を抑圧する軍隊や武器、強権政治などに対する抵抗の表現と対比する時、俄然、違った意味なり、「意義」を持ち始める。

何故なら、金芝河は申東曄の後輩であり、彼の抵抗詩の流れを汲む詩人として評価されてきたからである。それはたとえば、評論「風刺か自殺か」の文頭に引用している「妹よ、／風刺か、さもなければ自殺だ。」という金洙暎（キム・スヨン）（一九二一年～六八年。韓国の代表的現代詩人で抵抗詩人とも呼ばれる）の詩との対比で見てもよい。

金芝河自身は書いている。「冷たいもの／尖ったもの／硬いもの、錆びついたもの／古びて腐って朽ち果てていくものばかり／ここはまったくそんなものばかり／私の心まで錆びついて尖っている」（「欠乏」より）、と。金芝河はこれらを克服する対象として列挙しているのではない。まさに「嫌悪感を表現している」（川村湊）のである。この姿勢は韓国の抵抗詩、民衆詩、社会参与の詩、つまりは民衆文学の歴史の流れに完全に逆行するものだ。

「打ちのめされても倒れない者、四肢を引き裂かれても魂で勝利せんとする者、生き生きと火花のように燃え上がろうとする者、自殺を逆説的な勝利でなく完全な敗北の自認とみなし拒否しはするが生の苦痛に耐えることのできない者、生の力学を信じようとする者、胸に深い恨を抱く者は選択せよ。残された時は多くない。選択せよ。風刺か自殺か」

（評論「風刺か自殺か」より）

金芝河自身の、この遠い過去の激烈なアジテーションにも似た訴えを借りれば、「エリン／おまえの名前を呼ぶたびに／私は少しずつ丸くなり／エリン／おまえの顔を描くたびに／私は少しずつ柔らかくなり／エリン／おまえの声を思い出すたびに／私は少しずつ透き通ってきて」（「欠乏」より）という精神は、否定されるべき忌まわしくも情けない「敗北の抒情」なのである。いったい、金芝河は風刺を捨てて「自殺」を選択したのだろうか。

川村湊は詩集『黄土』の中の「ゴムまり」という詩を引用し、「『小さいもの』に対する詩人の視線こそが、この詩の陰惨で、暗く、冷たいイメージに救いをもたらしている」と書く。これは金芝河の「回帰」を証明しようとするあまり、強引に書いてしまった牽強付会の類の暴論である。

「水に浮かんで流れてくるゴムまり／真っ赤な水に腹脹(ふくら)ませて死に、蒼ざめた／幼な子の死体、あの死体」(詩集『黄土』所収「ゴムまり」より)を「ゴムまり」に比喩したからと言って、その救いが何故ゴムまりの「丸さと柔らかさ、その軽さと小ささによる」のか。それは悲惨と憤怒を喚起させこそすれ、けっして「救い」にはならない。救いがもしあるとすれば、自分も含めたすべての嘘うそしたものへのやり場のない怒りを、詩人が己を鞭打つように告白していることである。幼子の水死体をゴムまりとしか見られなかった自分への怒り、そのような不幸を作りだした社会の不条理への怒り、救いはまさしく怒りなのである。

金芝河の思想の中心は「円（トングラミ）」「隙（トゥム）」であり、女性や子どもに象徴される「小さな者の可能性」だと川村湊は指摘するが、それらを苦しみから逃げこむ逃避の対象と見なしているだけであって、いわば自己弁明のために便宜的に作りだした屁理屈的な抽象概念にすぎない。このような認識を普通、思想とは言わない。

たとえば、一九九八年の作品である「生命」では「母が／子を抱きながら泣いている／生命の悲しみ／ひとすじの希望だ。」という連で結んでいる。この子は死んでいるのか、生きているのか。この母は何を泣いているのか。生命が何故、悲しいのか。その姿が何故、「ひとすじの希望」になるのか、まったく理解できない。ここまで分析すると、金芝河にはもう何も書くことがなく、精神と頭脳はすっかりカオス状態のまま、混乱から抜けだせないでいることがよく分かる。過去の名声だけで無理やり書いた詩にすぎない。このような人間に、事物現象や心の断面を切り取って見せるべき抒情詩など書けるわけがないのである。

2 「金芝河」を否定する目的

川村湊の「解説」に細かく反論を加えてきたが、それは川村湊批判のためではない。忘れ去られたとは言え、まだ一部に根強い金芝河ファンがおり、未だに過去の作品に惑わされて金芝河への幻想を抱いている者も少なくなく、そして何より現在の変節した金芝河を体制擁護や反体制運動の非難に利用しようとする姑息な傾向に危険な異臭を嗅ぐからである。

現在の金芝河を批判するのは、社会参与の民衆文学を志向する文学者であり、民主化や南北統一を促進させようと運動する学生たちである。逆に金芝河を擁護するのは、体制派や純粋文学を標榜する者たちであり、分断固定論者であり、日本の右寄りの文化人やジャーナリストである。この現実を見る時、現在の金芝河が奈辺に立っているかは容易に看破することができるだろう。しかし、現時点で金芝河批判を展開することは、世界的な逆行現象や、「捩じれ現象」、あるいは危険な回帰現象への反論として、けっして意味のないことではないと考える。

思想性や政治性、あるいは社会問題へのアプローチだけで文学の成否や価値を評価することはできない。水準の高い、時には荒あらしい衝撃をもった芸術性に裏打ちされていない文学は、ただの駄文、心に響かぬ絶叫にしかならない。つまりは真の芸術にはなれない。しかし、その逆もまた無意味な文字遊び、無聊の慰みもの、社会や人生に負の影響を与えるものに堕してしまう。商業文学と呼ばれる興味本位的な文学はほとんどこの部類に属し、一時的な「流行作家」になろうとも、流行語のように時代の流れとともに消え去る運命にある。

思想性と芸術性が両立してこそ、初めて時空を超えて後世に残る文学を生みだせる可能性が生じ、社会的影響を与え、歴史を変革する力ともなりえるのである。

その意味において、一九七〇年代の初頭、激動する韓国の地に衝撃的な登場を果たした金芝河は一時代を画した詩人・劇作家・評論家であった。彼の初期作品群は、問題提起の鋭さにおいても、芸術性の高さにおいても、長い歳月を経た今もその輝きをまったく失っていない。彼の作品が、あるいは存在そのものが韓国社会、韓国の民主化に与えた絶大な影響は、いささかも色褪せてはいない。金芝河は必然的に、そして自然と時代のヒーロー、民主化のシンボル的存在になったのである。それは、当時の韓国の内的要求、内的必然性に因るところも大きい。けっして「韓国の反体制派を支援する日本の進歩派や在日韓国・朝鮮人たちのプロパガンダで一挙に国際的（?）知名人となった」（産経新聞ソウル支局長・黒田勝弘、月刊誌『諸君』九一年七月号）わけではない。

しかし、金芝河は「英雄」でありつづけることに疲れ、それから逃避した。かつての「栄光」や信念から逃げた。獄中生活や拷問の苦痛に耐えかねて何度も転向書を書いたことを、ここで逃避だと非難しているわけではない。問題は彼の赤裸々な「告白」（『東亜日報』九一年二月一七日付、「私は泥棒」）にある。「金芝河」という存在と、その過去の仕事を全否定し、韓国の民衆までも自分と同じ「泥棒」だと決めつけ、民衆にも告白と懺悔を強要したところにある。

「私は有名人だ。だが人格的に頼りなく、うわべではそうでないふりをしつつも名誉への執着が強く、とんでもない英雄意識があって、いわゆるペルソナへの同一視が強い。

海南で病気になる前は女関係が多かったが、暗く色情的で複雑だった。傲慢放らつで冷酷でむら気で性的な妄想も激しい。アルコールに耽溺し、ルームサロンにも行き、酒を飲んでほっつき歩き、ときにはいかがわしい理髪店にも出入りした。政治には、はじめから興味がないが、どうせなら政治的な指導者になりたいという途方もない野心が私の心の奥底に暗く渦巻いていることを告白する。これらは、すべて私が泥棒であることの証である」（週刊誌『朝日ジャーナル』九一年四月一二日号）

詩人とて聖人君子ではない。多くの煩悩に苦しみ、惑い、時には罪深い思いや行為まで犯してしまう一人のか弱い人間である。ここに彼が告白している内容など、誰しもが一度は思い、一度は行なう行為と言ってよい。教会で懺悔し、自己満足の安寧を得るためには多少の意味ある告白かもしれないが、わざわざマスコミに公表するような類のものではない。ましてや「泥棒」であるわけがない。許容しがたいのは、誰もが持つ、取るに足りない煩悩や欲望をもって自己を「泥棒」呼ばわりすることである。これは「金芝河」に泥を塗り、唾を吐きかけ、踏みにじる行為である。まさにこの幼児的ナルシシズムの愚行、いや、この告白によって破綻した自己を救えると考えた、あくまで利己的な思いこみによる行為によって、初めて彼は時代と民衆と社会の前にけっして拭えない大罪を犯してしまったのである。

「告白を通じて生まれ変わりたいし、明と暗の対極を統合させることで自己表現したいと思う。振り返ると芝河という名前を使い出してから私は混濁した闇に囚われて明るい光を見ることができなかった。…私を金英一という名で呼んでくれ。私はジハ（芝河＝地下）から解放されたいのだ」（同右）

この「告白」を読んで、作家の津村喬が「われわれは精いっぱい批判的にもシニカルにもなってみたが、こういう強い思想を生み出せなかった。韓国の価値ある混沌から学びなおしたい」となどと、頓珍漢な感想を述べたことがあるが、金芝河の変節の正体を見ぬけず、取り違えた人がいかに多かったことか。ここで告白されているとおり、まさに彼は自ら「金芝河」の名を凌辱し、破壊し、その結果、唯一残った自己愛だけで、浅ましい自己実現をしようと公言しているのだ。「死」を選択しなかっただけましだ、などと同情する気にはとてもなれない。何故なら、彼の「告白」は「金芝河」も、ひいては金英一も死に追いやるものでしかなく、民衆さえもその「自殺」の巻き添えにしようと画策していることにほかならないからである。

ポーランドの有名な映画監督であるアンジェイ・ワイダ（一九二六〜二〇一六）の映画に『大理石の男』（一九七七年制作）という作品がある。この作品の評価はおいて、主人公の形象には興味深いものがある。レンガ積み労働者である主人公は社会主義国家に労働英雄として祭りあげられ、手を火傷してその役目が果たせなくなった時、英雄の地位から引きずりおろされる。しかし、彼は「英雄」であった時と変わることなく一所懸命働きつづけ、最期まで一介の労働者でありつづける。この事実に憤慨しているのは彼の子どもたちであって、彼は最初から最期まで自分のできることを淡々とやりつづけ、けっして自分を哀れな存在とは思わない。

この労働者の生き方と、金芝河の変遷を対比する時、金芝河のインテリとしての脆さや弱さ、人間としての質の低さを感じざるをえない。人間は社会的存在である以上、つまり山奥や無人島で孤独に生きているのではない以上、政治的存在であることからは逃れられない。人生のあらゆる選択には、極論すれば階級的判断が迫られる。「明と暗を統合させる」ことにも、誰の立場に立って、誰の利益に与するのかという、いわゆる政治性が問われてくるのである。韓国社会は「民主化宣言」（一九八七年）後に変わったと言うが、何が変わったのだろうか。世界的に見ても、民衆の立場からすればむしろ社会の公平性は退行し、貧富の格差は拡大し、黒が白になり、白が黒になるという「捩じれ現象」が起こっている。現在の「平和」や「豊かさ」は弱者の犠牲の上に立ちのぼった蜃気楼のような幻想にすぎないのではないか。

それが分からぬ金芝河ではないはずだ。初期作品はすべて、その偽善と虚構への怒りに、創作の根源を置いていたのだから。「金芝河」を捨て、否定するということは、その逆の政治性を自動的に帯びるということを意味する。だからこそ金芝河の変節は民衆への裏切りとなり、救いようもない罪深い愚行になるのである。

時代は変わり、社会は変化しても、人間には絶対に変わってはいけないものがある。守らなければならないものがある。それは人間、なかんずく民衆への限りなく熱い信頼であり、彼らの信頼に応えようという一途な信念である。その価値観を見失い、自己の安寧だけにとりつかれる時、人間は堕落するのである。

変節の結末は、民衆を抑圧する支配権力層に体よく利用され、最後には捨て犬のように捨てられる。確たる信念のない大義名分や自己犠牲が不幸につながるのであって、民衆の側に立った価値観を確立した時、不幸で悲惨な境遇から抜けでられると覚醒した者は、そのような惨めで愚かな陥穽に自ら陥ることはあるまい。

金芝河の「生命思想」「生命哲学」は、「現代文明、科学信仰、環境破壊の経済優先の考え方に対して鋭い批判を突きつけている」と川村湊は持ちあげるが、誰の側に立つ思想であり、哲学なのかが重要なのである。一連の「告白」や学生批判、最近の金芝河の詩や散文によって、彼はすでに反民衆の側に立っていることが明らかになった。かつての己を汚すことによって、十分にその政治的役割を忠実に果たしたのである。

「抵抗者としての金芝河、思想家・宗教者としての金芝河の後に、詩人キム・ジハが、風に倒れ伏し、また起きあがる草のように生きていることを、私たちはこれらの詩から読みとることができる」

この川村湊の感想は、根拠のない幻想のような希望である。「詩人は本質的にその詩によってしか、その思想を、文化論を、人間観を、世界観を語らない」という川村湊の指摘はまったくそのとおりだが、導きだされる結論が真逆ということは、まさしく価値観が倒錯しているからなのであろう。金芝河は、いや金英一は風に倒れたまま、枯れ、腐り、毒気と腐臭を放ちながら、大地をも汚している。敗北と裏切りの「抒情」から、はっきりとそれを読みとることができるのである。

（月刊誌『統一評論』一九九七年五月号、一部加筆訂正）

第二章　信念——民衆詩を志向した詩人たち

1　鄭浩承（チョン・ホスン）――真実なるものとしての「悲しみ」

悲しみへの道

私は心から悲しみを愛する者として
悲しみにむかう夕暮れの野の道にたたずんだ。
見知らぬ鳥が一羽　道のかなたに消え
路傍に咲いた草の花が風にゆれ
私は心から悲しみを愛撫する者として
沈む夕陽をながめながら
悲しみにむかう野の道を歩いた。
待てど来ぬ人を待つ人ひとり
悲しみをかかげて　私の前をとおりすぎ

どこからか　柏散る葉ひとひら
悲しみをすてて　私についてくる。
私は心から悲しみへの道を歩む者として
果てしなく歩き　ふりかえり
人生をおろして　人びとが夕焼けに埋もれ
世の中でもっとも美しい人ひとりに会うために
私はふたたび　悲しみにむかう夕暮れの道に立った。

悲しみだらけのこの世も

悲しみだらけのこの世も歩いてみるがいい。
初雪舞う夜明けの道を歩けば
去年の秋　落葉を拾っていた少年と
雪道という雪道に雪だるまをつくり
悲しみだらけの　この世も歩いてみるがいい。

待てど暮らせど来なかった人びとが
雪だるまに会いに帰ってくるだろうから
生きていくほど眠れぬ君に
平等の涙を見せながら
悲しみで悲しみを忘れさせるだろうから
夜明けの絶望を怖れずに
みだらに春の夜の喜びをあせらずに
悲しみだらけのこの夜を生きてみるがいい。
悲しみだらけの人間どうし生きていけば
悲しみだらけのこの世も美しいだろうから。

雪だるま

人びとが寝いった夜明けの街に
胸に刃(やいば)を抱いた雪だるまひとつ

降りやんだ雪に埋もれて立っています。
抱いた刃をとりだし　雪にあてて研ぎながら
はるかな星の光をひとつ呼びよせ　刃先に刻み
ふたたび刃を抱いて泣きました。
勇気をなくした人びとの道のために
すべての人の追憶をゆすって泣きました。

雪だるまが流した涙を見ましたか。
自分の涙で全身を溶かし
人の希望をつくる雪だるまを見ましたか。
降りやんだ雪に埋もれながら　人びとを捜しまわり
最初に起きた夜明けの人に
強姦された雪だるまを見ましたか。

人びとがゆきかう　まぶしい朝の街
なぜだか雪だるまがひとつ倒れています。

陽の光にあらわれた雪だるまの刃を
人びとはみんな避けてとおり
夜明けの星の光をさがしにでかけた少年だけが
刃をつかみ　胸に抱いて歩いていきます。
どこからか　雪だるまの春は来るから
倒れた雪だるまの道を旅立ちます。

混血児に

おまえの故郷は　子よ
アメリカではない。
おまえの父親が荒あらしく銃をつきつけ
母を倒した恐怖のトウモロコシ畑だ。
ひき裂かれたオッコルム（結び紐）だけ残り　むせび泣いていた畦道だ。
地雷が息を殺して　隠れていた石畑

戦車がとおりすぎていった日の窪(くぼ)みの中だ。

泣くな　子よ　泣くな　子よ
誰がおまえに
同族ではないと言ったのか
自由のために　これっぽちも
泣きも　血を流しもしていない者らこそ
子よ　おまえの同族ではない。

三日月をわしづかみにし　背の高い兵士らが
病んだおまえの母の部屋にやってくるたびに
おまえの手をひっぱって河辺にでた祖母に
おまえは　もうそれ以上
訊くな　子よ
懐かしくもない　おまえの父親の姿を
かならず帰ってくると言った　おまえの父親の嘘を

訊くな　子よ

戦争は終わり
渡し舟に避難民を乗せて運んでいた
あの年老いた船頭はどこへ行ったのか
学徒兵について行った枯れ葉のように
旅立とうとする子よ　私たちの子よ
おまえの祖国はアメリカではない。
単衣（ひとえ）のリボンがゆれていた鉄条網を越え
飛びあがった雲雀（ヒバリ）の胸の中だ。

悲しみのために

悲しみのために
悲しみを語るな。

むしろ悲しみの夜明けを語れ。
初めての子を死産した女を祈禱し
灯の消えた窓をたたいて帰っていった
青年の恋人のために祈禱せよ。
悲しみをもって生きる人びとの
夜明けはいつも星で溢れている。
私は今朝早く　悲しみにむかう道をひとり歩き
平等と和解を祈禱し
悲しみが涙ではなく刃であることを知った。
もうあの夜明けの星が落ちる時まで
悲しみの傷をなでるな。
私たちが悲しみを愛するまでは
悲しみにむかう夜明けの道を歩きながら祈禱せよ。
悲しみの母に会って祈禱せよ。

街頭朗誦のための詩2

ソウルでもっとも貧しい人びとよ
星を見あげる心で　一生を生きよう。
人の家があった山の上に登り
夜明けの星を見あげ
生という職業について考えてみよう。
故郷に帰る夜汽車には乗れず
夜明けの街の枯れ葉として散ろうとも
母の墓のそばで消えては光る
夜明けの星を見あげ
星を愛する人びとをうたいながら生きていこう。
今夜　人びとが隠れて　震えていた暗闇の中には
故郷に行く星がとおりすぎる。
星の中には　かぎりなく夢が流れる。
ソウルでもっとも貧しい人びとよ。

夢をうけとれ。
故郷に流れる星を探して
星を見あげる心で一生を生きよう。

街頭朗誦のための詩3

君よ　夜明けの雪道を歩き
人生の外に歩いてゆけ。
雪だるまもなく　雪降る国で
ひとり泣きながら歩いていった足跡について
君よ　雪降る人生の雪道の外を歩いてゆけ。
待つことのように　美しさがないという
人の言葉を記憶し
雪降る人生の雪道の外から
君よ　雪の中にひとり　人の生をとどめよ。

雪におおわれた墓のそばにうつぶせて　むせび泣く
人間の慟哭について
盲人が盲人の手をひく国の雪道を歩き
果てしなく夜明けの雪道を歩き
君よ　雪降る人生の雪道の外を歩いてゆけ。

街頭朗誦のための詩4

夕焼けもなく　陽の沈む国
今日も陽が沈み　どこへ行くのか
家なき人びとの家のために
夢もなく　星が昇ればどこに隠れるのか
若い屑拾いと歩きながら
今夜　一杯の酒もなく　どこへ行くのか
私たちは死に　星に行き　埋められるために

いつまた別れの時　おまえに会おうと
死んでいく子どもを抱いた母親
ロウソクの炎ひとつで　河辺に行く
孤独に夜明けの河辺で泣く人びと
涙の刃を洗い　海に行く
家なき人びとの夜明けとなるために
草の葉は低くひくく体を横たえる
朝焼けもなく　陽の昇る国

鄭浩承（チョン・ホスン）の詩を読むたびに、尹東柱（ユン・ドンジュ）の詩を思いだす。ともに「星」「雲雀」「道」「悲しみ」「心」「風」「葉」などの詩句が頻繁に使われているからだけではない。尹東柱は悲しみと美しさの溢れる透徹した抒情詩を書いた。清冽なその詩精神はけっして勇ましくも力強くもなかったが、彼の詩は暗い時代に灯る一条の光のように民族を愛し、民衆を愛しながら、抑圧する者への、言葉少なくても重々しい抵抗の所産であった。

鄭浩承は「悲しみ」をうたう詩人である。「悲しみへの道」など詩題ばかりではなく、詩句にも「悲しみ」が執拗なほど出てくる。その「悲しみ」とはいったい何なのか。「悲しみが涙ではなく刃であることを知った」（「悲しみのために」より）や、「胸に刃を抱いた雪だるまひとつ」（「雪だるま」より）という形象によって、彼にとって「悲しみ」が脆弱で虚無的なただの悲しみでないことは容易に理解できる。「悲しみ」や「貧しさ」は必然的に抵抗の暴力としての「刃」を生じせしめる「怒り」でもあるのである。ゆえに、彼の詩は単純な抒情詩ではなく、抵抗詩なのだと言える。彼はさらに「生の悲しみ」「分断された秋の不幸」（「悲しみは誰か」より）を捨てさる時、悲しみが初めて人間の顔をもつのだとする。

たとえば「混血児に」は、彼の一見優しく、ひ弱な感じを与える詩の中では、強烈な印象を与える特異な詩かもしれない。しかし、千勝世（チョン・スンセ）の小説『黄狗の悲鳴』（私が訳した日本語訳は、一九七七年刊の雑誌『新地平』に掲載。諸事情により申英尚（シン・ヨンサン）という他人のペンネームで発表）を想起させる激しい描写にも、やはり彼の「悲しみ」は底に流れている。

祖国解放と同時に南を占領した米軍は、同族相食む朝鮮戦争が始まってからも、そして終わってからも韓国に駐留しつづけた。その過程で米兵による強姦事件が相次ぎ、混血児も数多く生まれたことだろう。米軍の黒人兵に強姦された同胞女性から生まれた混血児が、愛の結晶としてこの世に生まれなかったことを悲しんでも、混血児の存在自体を悲しいとはみなさない。混血児を恥とし、同族ではないと排斥しながら、自分だけは不幸や苦しみから逃避する者たちこそ、同族ではないのだと激しく咎める。彼らこそ米国を自由の擁護者と崇め、韓国の地を新植民地にした者たちではなかったのか、という怒りがこの詩の主題とも言える。

鄭浩承は日本帝国主義の植民地となったことを悲しみ、戦争や夥しい虐殺や、不幸を経てこざるをえなかった朝鮮の歴史の悲劇を悲しむのだ。悲しいことを悲しいと慨嘆するきわめて人間的な行為ができないことの方が不自然で、不合理である。真の悲しみが分からない者には、真の喜びも分からないのだから。混血児に対する深い愛情は、すなわち民族や民衆に対する限りない愛であり、悲しみを克服する力になるのである。

二〇二二年二月二四日から始められたプーチン・ロシアによる一方的なウクライナ侵略戦争によって、ブチャという街の名前も出すまでもなく、占領された各地でロシア兵による略奪、強姦、拷問、虐殺、子どもの連れさりなどの戦争犯罪が横行している。その戦争犯罪は日々、更新され、拡大している。ウクライナの人びとはその悲しみを怒りに変え、領土奪還に向けて血みどろの戦いを繰り広げているのだ。もし、混血児が生まれたとしても、ウクライナの民衆はその子を同族として受け入れるだろう。

鄭浩承の「悲しみ」とは「この世の誠実なもの、真実なるもの、清らかなもの、正しきもの、美しきものの抽象化された概念だ」と、詩人の申庚林（シン・ギョンリム）は規定する。けっして、作家である崔仁勳（チェ・インフン）の小説『広場』のような、自滅への断崖を転げ落ちる悲しみではないのである。

「悲しみ」が人間の尊厳を守る抵抗を生む母体であるとする鄭浩承は、「星」「雪」「夜明け」「草の葉」など前述した詩語たちに、自分のそのイメージを託す。そのため、ほとんどの詩に同じような詩句が繰り返され、まるで連作詩のような印象を与えながらも、一篇ずつ独立した世界をもつという、不思議な詩群を生みだしている。さらに言えば、彼の詩は徹底して社会的弱者、貧しい者、子どもの立場からすべてを見、判断しており、優しい、静かな表情の裏から、じっと社会的強者、富める者、悪しき大人を鋭く見すえている。同時に「盲人が盲人の手をひく国の雪道を歩き」（「街頭朗誦のための詩3」より）と、覚醒しない者、あるいは覚醒しても行動で実践しない者を自分も含めて容赦なく問いつめている。外見とは裏腹に、激しいパッションを内包した詩人なのである。

詩句や詩の形態、詩作方法においては古典的とも言えるが、奇をてらわない純真な詩精神の発露が、抒情性溢れる抵抗詩になっているということは、現代詩ではむしろ稀なことではあるまいか。常套的に使う詩句に、どれだけ新しいイメージを吹きこめるかが、彼には問われているのだと思う。

鄭浩承は一九五〇年、慶尚北道大邱市（キョンサンブクトテグシ）生まれ。慶熙（キョンヒ）大国文科卒。七三年、『大韓日報（テハンイルボ）』

新春文芸に「瞻星台（チョムソンデ）」が入選して、詩人デビューを果たす。詩集に『悲しみが喜びに』（七九年、創作と批評社刊）をはじめ、『ソウルのイエス』『夜明けの手紙』『ソウルには海がない』『寂しいから人である』『星たちは温かい』などがあり、多作の詩人である。八九年に素月（ソウォル）詩文学賞、二〇〇九年に智異山（チリサン）文学賞、一一年に空超（コンチョ）文学賞をはじめ受賞作品も数多く、韓国で高く評価されている詩人の一人である。

日本語訳詩集に『ソウルのイエス　鄭浩承詩選集』（韓成禮（ハン・ソンレ）訳、本多出版、二〇〇八年刊）がある。ぜひ参照されたい。

2　パク・ソヌク――「光州（クァンジュ）」の悲劇との闘いの中で

妹よ

妹よ
春になったら花を見に行こうと言っていた妹よ
道ばたに花もなく倒れた今　おまえは
何を見ようと
血走った眼をあけているのか
裂ける喊声が無数の石の雨となって降った日
スカートの裾に澄んだ慟哭を包み
真心を包み　運んでいた妹よ
おまえの頭に

猛々しく足の爪をたてた鋭い野獣の嘴が
目をいからし　容赦なく突き刺された時
おまえが立った場所には
真っ赤な悲鳴が土の顔に沸き起こった
妹よ
夜ごと　魅力的な星の花として咲きでる妹よ
おまえの腫れた乳房が　春の日の狂った舞踏会で
一房の花の蕾のまま摘まれる時
妹よ　おまえは
渇いた野原を叩く風になった
妹よ
望月洞（マンウォルドン）の一握りの土と化した妹よ
陽光のように柔らかい春がくれば
陽光のように柔らかい春がくれば
陽光より柔らかい笑いを分かとうと言った
おまえの言葉はついに一緒には埋められず

墓の上にススキとなって生えたのか
墓の上にススキとなって生えたのか

［訳注］　望月洞　光州市内にある街。国軍による虐殺の被害者が多かった場所。

歌

友よ　俺たちが
うたっているあいだは
あらゆるものすべてが美しい
林の澄みきった鳥と空と
うちすてられた葉っぱ　散った花びらの中に
深い真実の愛と信頼の
櫓をこいでいるあいだは
友よ　どれひとつとして
美しくないものがあろうか

夕焼けが燃える前に太陽が
血の光となり　姿を隠し
晴れわたった空に稲妻が光ろうとも
生きているものらが　それぞれ
吐きだす息吹ひとつとして
神聖でないものがあろうか
友よ　俺たちが理由もなく
笞うたれ　蔑視されようとも
一本の硬い
希望をはぐくんでいるあいだは
あらゆるものがすべて美しい
あらゆるものがすべて美しい

五月一日の夜明けに

オモニ(お母さん)
私はいま　五月がまっすぐ歩いてくる
夜明けの野原に立っています
おしよせてくる　はるかな香りは
五月の爽やかな息吹ではありませんか
聞こえるのです　オモニ
峠を　石の坂を一気に駆けてくる
五月の力強い足音が聞こえます
時計は今　私の胸の中で二時を打ち
私は興奮をおさえきれずに死にそうです
目をとじれば　あの日の叫び　銃声
三月一日にも　四月の空の下でも
夕焼けは真っ赤に血を流したのでしょう　カンナよりも
バラよりも　もっと赤く燃えあがったのでしょう

見てください　オモニ　霧のように
嵐はさり　また五月がくる野原を
山越え　山を越えてくる五月が
河越え　河を越えてくる五月が
こんなに堪えられないほど懐かしいことを
私は今日こそ初めて悟りました
でも　オモニ
冷たい夜明けの空気をかきわけ
路地にもどってくる五月は
もう涙に濡れてはいません
軍人が手に銃剣を握っていたように
頑丈なスコップひとつ握りしめ
五月は大股で仕事場にむかってゆきます
ぎらぎらした眼光で　夜明けの星を見あげ
スコップの刃からは　清い血がぼとぼと流れ

主祈禱文2

主よ　この国には
罪なき人だけが罪を告白し
貧しき人はさらに貧しいのです
正しき人びとが　むしろ
監獄につながれ　不正の群れだけが
カラスの群れのように飛びまわり
私たちの肩を石で打ち
日ごと　私たちの血で
やつらの酒杯を満たすのです
いたるところで私たちは
息を殺して流れ　主よ
川底には怨みだけがつもります
冬がきて　白い雪が降り
世の中が乾いた薪としてかたまってしまっても

主よ　私たちはここにこうして
流れ流れるゆえに　氷の下でも
うたうことをやめなかったがゆえに
冬が暗く長かろうと　私たちは
山裾にからみつく雲のように
しばしでも離ればなれになることがありましょうか
天地が変わろうとも　嵐のようにいらっしゃる主よ
これから捧げる私たちの祈禱は
偽りの平和と愛と慈悲と
ひとにぎりの群れだけの自由と貪欲を
鋭くえぐりとる刃にさせたまえ

孔徳洞（コンドクトン）日記

雪の降った去年の冬

風呂敷包みをひとつ持ってやってきた孔徳洞の下宿屋
氷りついた街灯の下をとおりすぎる時
韓国の女性を抱きしめ
麻浦（マポ）ガーデンホテルの中に入っていった
鼻の大きな兵士らの後姿が
吹雪とともに足の下に消えうせ
狭い路地の低い家々の軒の下には
匕首（あいくち）のような氷柱がつらなり　白く輝いていた
寒さは壁からも　天井からも風の音としのびこみ
カシミロンの布団をあちこちえぐった
何のためだったのか
見知らぬ人とともに眠りをねむり
暗闇の中で一晩中もだえたのは
ぎりぎりと歯ぎしりし　見えない虚空にむかって
拳をふりあげたのは　何のためだったのか
夢だったのか　寒さが厳しくなるほど

目のまえでくりひろげられた血みどろ
光州の街や道庁　錦南路が
忠壮路や鶴洞の懐かしい街が
林洞から芳林洞の陸橋まで　あらゆるものが
生き生きと見えていた去年の冬
一坪の部屋に寝て　全身が火だるまのように
火だるまのように燃えあがったのは　いったい何のためだったのか
夢ではないソウルの真ん中
風の冷たい冬の部屋に
ああ　冬の夜に

［訳注］錦南路　全羅南道の道庁に続く光州で一番大きなメインストリートで、虐殺と市民の抗戦が一番激しかった。後の地名はすべて光州市内にある街の名。

灯火（ともしび）

誰かを待つということは　時おり
いかに美しい痛みなのか
だが
雨風が荒あらしく荒れ狂う野原で
揺れる灯火（ともしび）を傘の下にかざし
待つことを学ぶ夜を
心から誰が嬉しく迎えようか
雪が降り　胸に星の光が降る時
待つことは冷たい露にも宿るのに
黙ってひとり帰ってゆく夜が寂しく
堪えられぬ時は　むしろ
私もついてゆき　一つの灯火となり
一歩ずつ　懐かしさを照らしながら歩く

君は夜明けの山のどこに

月の光のない　真っ暗な晦日に
刃のような風が吹く　君よ
花びらは足の下に飛び散り　乱れ
真っ青な星の光だけ　恐ろしいほどに輝いている
ここで　突然　何が折れるのか
懐かしい名前と　美しい追憶
生きている息吹と　夢の欠片(かけら)が
瞬時に手折られ　消えてゆくのか
南北は遠くで懐かしさを燃やすだけ
別れた女たちのように　ずたずたに
ひき裂かれた胸　痛む瞳だけだ
行けども　行けども　はてしない別離の地
残忍な笞と　悲しみの道を歩き
人びとはじくじくと病んで死にゆくのに

俺たちが笑って再会する日はいつなのか
この胸の中で君に向かう
狂ったような激情の活火山は
夜ごと　すべての空と大地を揺るがし
熱い胸で大きな岩を溶かすのに
まだ暗闇のままで来ない人よ
君を探そうと　野原という野原を
山と海を一気に駆けめぐるたびに
夜明けの山のどこからか　そっと手招きする
君よ　心から懐かしく　恋しい人よ

韓半島（ハンバンド）の愛の歌

霧の中に囚われた者たちよ　ここでは
芽吹く俺たちの息吹のふしぶしが

すっかり乾ききった枝として折れてゆく
愛はあっても見えず
悲しみは濃くても　なくならないのだ
死んでいった者がふたたび死にゆき
遠のいていった者らがはるか遠くで
悲痛に濡れているのに　夜風に魂が燃えつき
俺たちはいつも愉快に遊んでみようか
眼をとじても浮かんでくる顔たちは
街という街に突きあがる痛みとして　どこかに
跡形もなく消えうせていろ
誰かが光る禁じられた林をしたがえ
高い垣根をしっかりと守りぬき
異邦人たちは錐のように俺たちの胸を刺し
金剛山(クムガンサン)や毘盧峰(ピロボン)を嘲笑し
智異山(チリサン)の老姑壇(ノゴダン)を罵る
愛よ　爆発せよ　愛よ　爆発せよ

遮られた南北よ　どっと堰の水が裂けて
すべてのゴミの山を太平洋の外に追いだし
永久に水に葬り　俺たちこそは　オホイ
酷い顔　輝く瞳　一つの小川になろう
大河として流れ　流れ溢れ　愛を
世の中の隅々にまでぶつけよう

［訳注］・金剛山　北朝鮮にある名勝で名高い美しい山。毘盧峰はその峰の一つ。
・智異山　韓国にある名勝の山。老姑壇はその中にある。

朴正熙（パク・チョンヒ）軍事独裁長期政権は彼が側近に暗殺（一九七九年一〇月二六日）されることによって終焉を迎えるが、全斗煥（チョン・ドゥファン）らによる軍事クーデターによって引き続き軍事独裁政権は続くことになった。しかし、韓国民衆の政権反対のデモは激しさを増すばかりで、これに追いつめられた全斗煥政権は政敵である金大中（キム・デジュン）（一九二四〜二〇〇九。韓国の政治家）が全羅南道出身ということを利用し、彼が暴動を指導したという事実をでっち上げ、全羅南道の道庁所在地である光州市を弾圧のターゲットに据える。一九八〇年五月、全斗煥は国軍を光州に派遣し、無差別の暴力、拘束、そして最後には銃を乱射して、当時二千人とも三千人とも言われた無辜の人びとを虐殺した。四〇年以上が経った現在も犠牲者の正確な数字は分かっていない。韓ドラ『五月の青春』（二〇二一年制作、ソン・シンソプ演出）は、今になって光州で「行方不明者」の遺骨が発見される場面から始まる。

八二年に文芸雑誌『実践文学』三号に掲載された詩「妹よ」を読んだ時、この詩を翻訳し、紹介することに、私はいささかの躊躇も覚えなかった。全羅南道羅州（ナジュ）で六〇年に生まれたパク・ソヌクは、二〇歳の時に光州民衆蜂起を体験し、おそらくその過程で妹を虐殺されたものと推察される。妹を失った彼の苦しみは計り知れない。しかし、「妹よ」はただ悲しみに打ち沈んでいるだけでなく、抒情性と力強さに溢れたその詩は、妹の死を無駄にしないという決意が滲んだ究極の絶唱となっている。

「歌」の楽天的な力強さは、理由もなく笞打たれ、蔑視される者への深い愛と信頼から生まれたものであり、それが生きる喜びの歌となるように、爽やかで美しい詩となっている。

「五月一日の夜明けに」は、「光州」が今も生き、闘いは連綿と続いていることを、打ち震える喜びをもって描いている。

一九一九年三月一日に朝鮮で起こった日本帝国主義による植民地支配からの独立を求める運動であった3・1や、李承晩（イ・スンマン）独裁政権を倒した4・19の歴史的制約性を克服した「光州」は、カンナよりもバラよりももっと赤い血を流すことを一つも恐れていない。やりのこした「仕事」をやり遂げるために、当然のごとくスコップを持って「仕事場」に急いでいるのである。この強靱な精神力は、「これから捧げる私たちの祈禱は／偽りの平和と愛と慈悲と／ひとにぎりの群れだけの自由と貪欲を／鋭くえぐりとる刃とさせたまえ」（「主祈禱文2」）とまで言いきる。

「生きていくことの真の意味は何なのか。涙のまざった飯を食うことなのか。あるいは生存と理想が鋭角に引き裂かれた不条理と闘っていくことなのか。去年の冬、この問いは私をとても苦しめた。そして、この問いの果てに、私は大切な答えを一つ発見した。人間が生きているかぎり、非人間性との闘いは続けられなければならない、ということを」（雑誌『政経文化』一九八五年二月号）と、彼は詩作メモで告白している。

しかし、詩人の金津経（キム・ジンギョン）はパク・ソヌクの詩を「このような警句的発想は体験の重さに支えられたり、宗教的な世界観、あるいは歴史的に形成されてきた価値の体制に根を下ろしたり、作者の行為によって支えられない時、漠然とした情熱をさらけだす盲目的な状態に陥る憂慮がある」（『民衆詩1』）と指摘している。

果たしてそうだろうか。まず、彼の詩を「警句的」とすることに同意しかねる。彼の抒情性を警句とみなすのは、あまにも即物的すぎる。彼の詩は非人間性との脈々とした闘いの蓄積の上に咲いた花であり、「光州」を原体験としたことは何よりまさる体験の重さである。彼の詩は漠然とした情熱の吐露でもなく、盲目的な状態に陥ってもいない。彼の怒りと情熱は、血なまぐさい韓国の現代史に確固と裏づけられたものであり、はっきりと社会と現実を直視している。非人間性との闘いこそ生きるということであり、詩を書くことだとする彼が盲目的であるはずがない。むしろ、既存の世界観や価値観をあえて否定しているのである。

パク・ソヌクは、民衆の声を素朴な言葉で分かりやすく語りかけ、時には激しく叫びながら、真の抒情性を獲得している。「光州世代」の目が、社会と現実の不条理をいかに鋭く見ぬいているかを、彼の詩は象徴的に示しているのである。

3　河鍾五(ハ・ジョンオ)――4・19から「光州」、「光州」から「統一世代」へ

四月から五月に

春の繁茂のために芽吹いたおまえは
私に花ひらくことを譲った
わかる人にはわかる
この世をさまよう心が
ひとひらの蝶になり　とまろうとするのに
足跡だけが残った誰もいない通りで　私が
何故ぶるぶる震えて散ったのか
南道(ナムド)で花嵐に揺れていた葉っぱに
目に見えない呻き声が飛ぶたびに

血のように真っ赤な花房がほほえむ
私たちは人間の大きく正直な声を聞いた
いろいろな花々と花粉をわけあって生きようと
香りをはなち　蝶の群を呼びもしたが
おまえと私は実を結ぶことはできなかった
この春を知る人は　この隠喩もわかる
夏のまぶしい緑陰のために
私たちは咲ききれなかった花芯で残っている

【訳注】　南道　「光州民衆蜂起」の起こった全羅南道を指す。

遺腹子

おまえの誕生日は　花が花に香りを届けるのに
人が人を呼べぬまま
路上に無残に倒れた　春のある日なのだよ

朝はまっすぐ働きに出かけ
夕方には一杯の酒にふらつきながら帰ってきては
アボジ（お父さん）は歌もうたわずに　おまえを待っていたが
おまえが生まれた日　出ていったきり戻ってこなかった

痛む腹をかかえて　おまえを産んだ時は
この地の裂ける悲鳴を聞きながら
血に濡れて泣く顔を見たが

目脂につぶれた目に乳の滴（しずく）をたらし
太陽に目を怒らせて立った人を思い
おなかが空いたと泣くおまえに乳首を噛まれながら
山河を駆けまわる逞しい人を思うと
アボジを懐かしむだけでなく　おまえがアボジになれ

ある人が言うには
アボジは死に憑りつかれながら山に行った　と
また　ある人が言うには　月夜に鬼神となって
山麓で畑を耕しながら　おまえを呼んだ　と

でも　おまえの誕生日は蝶が蝶について
花に向かうこの道ばたで
人が人を失った　春のある日なのだよ

五月生まれに

君は陽の光をつかむことはできなくとも
澄んだ瞳で　君の誕生日を告げる日がくるだろう
まだ太陽は見つめることはできなくとも
地面に首をうなだれることはない

五月に逝った人びとが帰ってこなくても
カッコウは五月に帰ってきて鳴くではないか
不意に月光がかげった夜に
アボジの体が腐った叺(かます)に包まれ
通りに捨てられていたという噂にも
アボジを捜しに目をつりあげて出ていったオモニが
ドブに頭をつっこみ倒れていたという噂にも
あどけなく笑っていた赤ん坊よ
君の生年月日を隠喩して言うなら
人間に人間のすべきことを問うた日だろう
アボジやオモニより　君は幸せにならねば
自分のことで友だちと喧嘩をしてはならず
黄土(ファント)を踏みしめ　穀物をとりいれる手足を鍛え
大きくなったら友だちを集め　野の花に顔を埋め
その花が誰の魂で芽生えたのかを考えなさい
人びとは五月に逝き　黙っていても

五月に吹く風は　かわりに泣いているよ
君は風の音をつかむことはできなくとも
澄んだ声で　君の誕生日を祝う日がくるだろう

ある時の詩

白紙に　紙屑に　あらゆる紙に
慟哭を盛って　沈黙を空（から）にする。
若い年で　幼児を抱いて書いた詩から
隠喩で隠された　顔も赤らむ言葉を盗み見たあと
一点の雲さえ　安らかに流してやる青空に
生きてきた嘘っぱちの身ぶりを脱ぎすてる。
いつか言うべきその言葉を　いつかは言うために
重苦しい心がめくるページごとに
古き韓半島（ハンバンド）の上空にさまよう積年の悲鳴と

細い根をいくつか大地にはりめぐらせて　ついに
山並みをそびえさせては　地に伸びる
倒れた樹々　引きぬかれた雑草たち
誰かが決行しなければならないその行動を　誰かに決行させるために
明日の夜に帰ってくる　ひとりの人間をも　前もって知る。
露を降らせ　光を夢みる朝には
兄や弟の物乞いをしていた冷たい手が
頬を打ち　この詩を破いてくれることを願う。
書いてはやめた日記に　便箋に　原稿用紙に
空っぽになった胸を綴りながら
座りなおして　出る溜息を消す。

夜行

夜には

すべてのものが低くなり
すべてのものがよろめくのかな。
まっすぐに歩くのだが　道は歪み
まっすぐ立っているのに　道は崩れるのだな。
目をつむっても行けた土地に
目をあけても行けなくなり
裸で立っていることができた土地に
服を着ても立っていることができないのだな。
おかしい。夜には
ひとりの眼光さえ明るくできない
暗闇だけなのだな。

ミミズ

ミミズは踏みつけなくても

うごめく。雨が降れば
土の上に自分の行く道を残す。
泥にもぐりこむ。
数匹が互いに互いの体にからまり　あるいは
一匹がちぎれても
もっと強くなる毒を見よ。
這って　這って　ふたたび倒れても手にいれる自由
強固な生命
暗く湿った深みを突破するミミズは
明るく清らかな高みを埋めてしまう。
汚い所に行くが　泣かずにみせる
その逞しい力
蠢(うごめ)き　うごめいては伸びる
節々の肉が落ちる怒り。
あの血まみれの身ぶるい。

「4・19学生革命」は、韓国現代史の民主化運動の中でも輝かしい光を放っている。しかし、李承晩政権を退陣させた巨大なエネルギーは、朴正熙らの軍事クーデターによってずたずたに引き裂かれ、軍事独裁政権の長期化によって萎んでしまった。しかし、抵抗の精神や運動が途絶えたわけではない。伏流水のように4・19の精神は連綿と受け継がれ、独裁政権に反対し、自由と民主主義を求める闘いは不断に、あるいは強化されて進められた。その発露として、「光州」は存在する。もちろん、民主化運動弾圧のために全斗煥軍事独裁政権によって光州は政治的意図をもってターゲットにされ、無慈悲な国軍による市民の無差別殺戮が強行されたのだが、光州の人びとはそれに銃を持って対抗した。これは韓国の民主化運動の中でも、特異な例である。

河鍾五（ハ・ジョンオ）はこの事実を、「おまえと私は実を結ぶことはできなかった」と表現し、そして「夏のまぶしい緑陰のために／私たちは咲ききれなかった花芯で残っている」（「四月から五月に」）とうたった。つまり、四月と五月の後に来る夏とは、叶えられなかった民主化運動の花が咲く季節の到来を待つ花芯として、「光州世代」の若者たちは生きており、花開くことを誓っているのだ。これを彼は「この春を知る人は　この隠喩もわかる」とし、あえてメタファーをさらして、読む者に訴える。抒情詩でありながら、強いメッセージを投げかけている。

「遺腹子」の子どもが生まれるのを見ないまま死んだ父親は、月夜に鬼神となって山麓で畑を耕している人でもなく、家出をしたわけでもない。その謎は第一連目で明らかにされている。つまり「人が人を呼べぬまま／路上に無残に倒れた　春のある日なのだよ」と、「光州」で犠牲になったことを暗示している。どれだけの市民が殺され、犠牲になったか、現在もその正確な数は明らかになっていない。夫が殺されてから生まれたわが子に、母は優しく語りかけるのだ。「おまえはアボジに捨てられた子ではなく、光州で殺された英雄の子なのだから、アボジを懐かしむだけでなく、おまえがアボジの後を継いで闘え」、と。ここには、軍事独裁政権の軍隊に殺されても、殺されても歩みを止めず、代々闘い続ける民主化運動の決意がこめられている。

　河鍾五の詩について、友人の金明秀（キム・ミョンス）は、「あらゆる詩が、診断と解剖で終わってはならないという事実を人一倍、彼は知っている。立派な医者が診断の後の処方を同時に兼ね備えているように、たとえ時代を暗く見ていようとも、すぐに他の詩を通じて、彼は私たちの生の明るい面を見せるという意志を示していることが特徴である」と語っている。

　河鍾五は一九五四年、慶尚北道（キョンサンブクト）で生まれる。七五年に雑誌『現代文学』に推薦され、詩人としてデビューする。詩集に『稲は稲どうし　稗は稗どうし』『四月から五月に』『分断っ子は父らと　統一っ子は息子らと』『魂こそ魂だ』などがある。まさに「光州世代」

のど真ん中に位置する詩人で、二〇代で祖国の統一が目指す目標だと早くも悟る。「夜行」では、分断されたがために自由に往来できなくなった南北の民衆の悲哀を「眼をつむっても行けた土地に／眼をあけても行けなくなり」と嘆く。その異常な事態が、すでに半世紀をゆうに過ぎて、まだ厳しい現実であり、停戦状態であるがために、いつまた戦争が再開されないとも限らないのだ。ある日、突然、ロシアがかつてソ連の一員であった「兄弟国」のウクライナを一方的に軍事侵略したように、南北が突然、戦争状態に陥る「暗闇」を、詩人は胸を痛めながらうたうのだ。

彼は言う。「私は詩を通じて、人間の人間らしく生きられる道を模索しようと思った。間違って育った自分自身を修正することから、すべての人の運命を縛りつける原因に対する省察に至るまで、その模索は実に難しく、苦痛を伴った。そんな中で、何よりもまず、民族分断が克服される所に、その道があることを悟ったのだ」、と。ここまではっきりと民族分断の克服を詩のテーマにすると宣言した詩人は、けっして多くない。もちろん、分断克服は未だに達成されるどころか、遠のくばかりに見える目標であるが、「光州世代」が父となり、その息子や娘たちが「統一世代」となる夢はいささかも曇っていない。

4　パク・モング――叙事的再現の可能性をもつ連作詩

妹の死

その冬　妹は死んだ
その頃　妹は卒業証書ももらわず
自動車部品の工場に入り
ゴムをいじくり　ネジをしめていたという
夜になると古い家のように倒れる体を打ち捨て
熱い心ひとつ
つぶらな瞳ひとつ　大切に持って
クヮンチョン洞の夜学で子どもらと暮らしたという
本を捨て　化粧品もゴミ箱に投げ入れ

誰もひきうけようとしない
私たちの不幸な荷を背負った妹が
つもりつもった疲労に倒れ
冷たい部屋で練炭のガスが首を締めるのも
知らずに死んでいった
妹の死を聞いて　私たちは
胸を焦がすだけで　駆けつけてはいけなかった
息づまる他郷に閉じこめられている
私たちは南行の列車に乗れなかった
顔が腫れ
鉄の刃に足裏を引き裂かれ　よろめいていた妹
それでも明るい笑いを絶やさなかった妹
そして　夜が明けるまで
担いでいけなかった不幸な荷を
私たちの中から誰かが背負わねばならぬ番だ

十字架の夢5

――錦南路奪還の真昼

催涙ガスが空中いっぱいに滲んで霧になった
熱い目頭の上に
鉛の玉にあたって落ちる鳥のように
装甲車の上に胸を突きだして立っていた
幼い少年の死が置かれた
そのたびに　岩に引き裂かれた波が砕け散るように
人の林は瞬時に分かれ
銃声も無慈悲にまた追い討ちをかけ
頑強な海になってしまった
装甲車の上に旗を抱いた胸を突きだして
進んでいた少年の頭がまたひとつ落ちた
人びとは孤島のように
鮮血にまみれた少年をひとり残したまま

ふたたび　ちりぢりに散った
そして　またすぐ装甲車に
旗を持った少年が駆けあがり
憤怒で赤かった顔が
死んだ少年の家族のように海をなした
すでに死の恐怖も人びとを押し止めることはできなかった
海の水はどこから押し寄せてくるのか分からないほど増えた
故郷を捨てた兄たちも
部屋の中で布団をかぶっていた人びとも
何かに引っ張られるようにみんな流れこみ
汲みだしても　汲みだしても　乾かない海になった
数人の祭物では海の憤怒を
鎮めることはできない夜明け
武器はついに倒れ
人びとは奪われた大地を取りもどした

十字架の夢15
――ある遺産

灰に覆われた街でさまよって泣く幼子よ。あの通りで倒れて真っ黒に焼けたおまえの母の悲しい死は、おまえだけのものではないのだよ。母の手をどこで放したのかも分からないで泣く子よ。おまえの母は腹空かしたおまえにも乳首もふくませられずに天国に逝ったが、寂しさはおまえだけのものではないのだよ。子よ、砲煙の中に立った子よ。異邦人らが押し寄せてきた街で、幼いおまえを忘れぬまま母は逝ったが、母の死を踏み越えておまえの友らの胸に春が来たのだよ。おまえの母の死はたくさんの若者を育てたのだから。

もう泣きやんで心をしっかり持つのだよ。今は幼くて何も見えないだろうが、大きくなったらおまえを殺伐とした街に捨てた奴らが誰なのかを知り、燃える眼で奴らを睨みつけろ。おまえとおまえの友らに知らせ、あの街の異邦人に差しだした心を取りもどし、蜂起の意味を取りもどし、おまえの母の死を無駄にするな、子よ。

十字架の夢36
――勝利は俺たちの宗教

怨念の死が並んで横たわっている上を
腹空かせた鳶(とんび)がぐるぐる飛んでいた日
ひとつの草株の命より
俺たちの息はたやすくとめられ
ついに俺たちが死の恐怖を越え
野欲の砲の前にためらうことなく進み出た日
俺たちが見たものは
何の反抗もしない少女の
腹の上にひかれた
動物的な十字架の上で見たものは
泥まみれの悲惨ではなかった
果てしなく突きあげる憤怒だけではなかった
灯(あかり)もつかない祭事の家の

凋落ではなかった
兄弟や父母が分からなくなったまま
見知らぬ人びとの荒っぽい手に押され
意味も分からぬまま寄せ集めた操り人形に向けた
単純な仕返しだけではなかった
その時　主人もいない棺（ひつぎ）の上で
盾と棍棒で押しやり
ガス車をぐっと近づけ
ついに重武装したキャタピラが
容赦なく追いたてる暴風の前でも
掃けば掃くほど　刈り取れば刈り取るほど
さらにぐいと起きあがる人びとの中で
俺が見たものは
死でも　暴力でも　瓦解工作でも祈ることのできない
無限の波の前で俺が見たものは
いつかきっと　俺たちが勝利するという信念だった

十字架の夢72
——真の夜明けが訪れるまで

俺たちの闘いは未完に終わったのではない
眠ったところなど　ひとつもなく
熱く冷めて起き　わが国の最後の
夢を守っていた果てしない野原に
権力の座布団に座った人びとが
キャタピラに踏みつぶされて　焦土になったが
統計でも分からぬ
俺たちの魂は迷路の先についているが
俺たちの燃える眼は
強い早瀬の中に沈んでしまうものではない
抹殺　黒人　水鬼神(ムルキシン)らが暴れる大地を豊年歌で覆い
紙屑だけ飛ばす新聞の前に
俺たちの熱い胸は大地の下に流れるが

俺たちは前進を止めたのではない
待つことは口をあけた寂しさだけだが
罪なき同胞を死に追いやった責任を問い
若い学生が米文化院に押しよせ
砂の城を積みあげるように　嘘のイデオロギーを植える
奴隷教育を止め
教壇の友らが起ちあがり
ああ　熱い希望の前では死も一つの水泡のように
ある青年が無等山（ムドゥンサン）の前で
自分の体を燃やして恥辱を洗い落とした日
子犬らは死体まで奪われて行ったが
俺たちは死を越えて行くだろう
真の夜明けが訪れるまで
怨みの魂が安らかに眠るまで

経験しなければ何も言うことはできず、何も書くことはできないという先入観は、経験すれば何かが書けるということが虚実のように、根拠のない誤謬である。体験者がすべて、事実を正確に認識しているわけではない。とくに、それが信じられないほどの衝撃的な出来事であればあるほど、その差は大きい。光州民衆抗争という激烈な衝撃の受け止め方、評価はまさにその一例であろう。「光州」を「不幸な事件」として早く忘れ去ろうとする者と、「光州」という惨劇を忘れず、「光州」の遺志を引き継ごうとする者との相剋の過程は、民主主義と南北統一の実現という立場の相違をよりくっきりと浮かびあがらせた。

後者の立場を堅持する詩人のグループに『五月詩同人』がある。そのメンバーがコ・グァンホン、郭在九(クァク・ジェグ)、金津経(キム・ジンギョン)、羅鍾栄(ナ・ジョンヨン)、羅海哲(ナ・ヘチョル)、パク・モング、朴柱官(パク・チュグァン)、尹載喆(ユン・ジェチョル)、李栄鎮(イ・ヨンジン)、崔斗錫(チェ・ドゥソク)ら若い詩人たちだ。

「統一か、永久分断かの岐路がだんだん明らかになっている現在の状況は、一九八〇年五月の状況の具体化だ。八〇年五月が我らに分断体制を受け入れた状態での生が無駄になるという直観的な覚醒であったならば、今やその覚醒を理論化する時だ」として、「我々のこのすべての試みは結局、地域文化運動に帰結する。地域文化運動は中央集権的支配文化に対する構造的攻撃であり、民衆のエネルギーが統一に向かって噴出し、集結する通路の確保を意味する」と、彼らは規定する。

つまり、民衆に「光州」の真実を広く伝え、覚醒させるための媒体としての役割を果たしながら、「光州」的な、いやそれ以上の集団的エネルギーを統一し、爆発させる文化運動の提唱である。そのためには、部分的、直観的な把握ではなく、論理的、総体的な把握が求められる。地域の運動全般に深く根をおろして、活性化させながら、形式としては抒情的様式を志向する叙事的ジャンルを開拓すべきだと、彼らは主張する。

その中心的な役割を立派に果たしているのが、パク・モングである。一九五六年、全羅南道で生まれ、全南(チョンナム)大英文科、基督教長老会宣教教育院を卒業、七七年に月刊『対話』に「栄山江(ヨンサンガン)」などを発表して詩作活動を始めたが、本格的な詩作は「光州」以降である。

彼は「光州」に直接参加した。一人の人間として、民衆として、そして詩人として「光州」を目撃し、体験したのである。彼は死をも厭わず友らと闘いに起ちあがったが、奇跡的に生き残った。数か月間、投獄された後、ソウルに行き、「裸で友らとともに経験した悲劇的経験を中心にして、この時代の民衆的現実を熱く証言することによって、血を流し、悲鳴を上げて死んでいった友らの前に恥ずかしくないよう、骨身を削る努力を続け」(詩人の梁性佑(ヤン・ソンウ))たのである。

その努力は、詩集『我々が我々に訊く』(八二年)、『そこにおまえはいたのか』(八四年)、そして『十字架の夢』(八六年)となって結実した。とくに、壮大な長編連作詩『十字架の夢』は「光州」を叙事的に、しかも総体的にとらえようとする強靱な精神の産物である。「光州」の単純な記録ではない。詩人は単なる報告者ではなく、「民衆・民族現実の代弁者」として、現実認識に根拠をおいた民衆・民族共同体の歴史と思想と情緒をうたっているのだ。

彼が連作詩の形を選択したことは興味深い。連作詩は一つのテーマなり、モチーフなり、事件なりを、抒情性を保ちながら叙事的に描く可能性を持っている。個々の詩篇は詩として完成し、独立しながらも、全体として共鳴しあいながら、より豊かなイメージを喚起させる。幹から自由に枝が伸び、枝からまた多くの芽が出て、いつしか大樹になっていくように。一枚のレンガに描かれた絵はそれぞれ完成していながら、それを積み上げたレンガの壁はまた一つの大きな絵を生み出すように。「光州」という巨大で衝撃的な事態と、「光州」以後の問題を抒情詩一篇に書くのは不可能に近いが、連作詩は抒情性を維持しつつ、叙事的に全体像を再現、または創造する可能性の展望を切り開いてくれるのである。

5　朴柱官（パク・チュグァン）——絵画的で個性豊かな詩世界

闘いの始まりは

焼酎をあおりながら　俺たちはいつも闘う
闘いの始まりは　誰がもたらしたか
みんなが出発しながら　うたう歌は
どこにあるのか
山が崩れ　野原が崩れ
河が断ち切られる　来てはならぬ
洪水の前で
おまえと俺は燃えたぎる血の手を握りながら
青い樹の下で　父は死に

母は息子の手首をつかんで
涙を流し
ひっぱられていく息子の後で泣きながら立っている
崩れる野原に
わずかな火さえすっかり消えさり
消えゆく俺たちのこわばった歌の中で
夜はさらに深まりゆき
白い壁に　白い服で旅装をととのえた
友らのささやきを聞きながら
俺たちは流れる涙を隠しながら
殴りつける棒を押し倒した

愛の刃（やいば）

信じていたものが崩れ落ちる時

あなたならどうしますか
空に浮かんでいる雲の名も知らないのに
あなたの心をどうやって知ると言うのですか
何て言いましたっけ
愛のために　街で
斬りつけられた人を見たことがありますか
愛すべきものはどこにでもあるのに
何ひとつ話すこともできず　空中に浮かんでいます
怖くて　使い道のない勇気がないからではありません
みんなまだ街で口をとじているだけ
風吹く日は
愛の刃がもっと鋭くなります

ソウルの愛3――春

ソウルの春は誰かを
マンウ里に送りながら始まる
子どもらの喧嘩の中で
下水溝にはレンギョウが咲き
ボロを着た屋根の上に陽が傾けば
工場から帰ってくる人びとの腹の中に
春は泥棒のように育っている
清涼里(チョンリャンリ)の春にも
河を渡り　鋳物工場の夕焼けにも
ひもじさはまだ残っており
ソウルの春は飢えの中から
始まり　まだ終わってはいない
美しい飢餓よ　真の飢餓よ
みんなが去っても帰りきて　泥沼のような春は

母を待つ子どもの　か弱い胸にも
釘を打つ　飢えた喉という喉に
釘を打つ　ソウルの春は
殺害されなければならない

ソウルの愛5　――白いコムシン（ゴム沓）

あなた　私が死んだら
故郷に埋めてくださいね
白いコムシンが一足と　旅費五千ウォンが
重病人室に置かれていた
義兄は政治集会から帰ってこず
休暇だった私は偶然に死を看とった
子どもらが可哀想だという
母の愚痴だけが霊安室に響きわたり

行政的な手続きが進められていた
病気で死んだ者たちが
この街には数限りないが
ソウルそのものが大韓民国ではないと知って
故郷に埋められた人は何人になるのだろうか
どんな姿で数坪の土地を買い
埋められることを知っていたろうか
子どもらがいつか大きくなり
故郷を去ったこの母の悲しみを
陽のあたる無等山（ムドゥンサン）に埋めてくれるだろうか
春の日の暖かい陽光だけがふりそそぐ
市立病院の広場で
子ども三人と
見知らぬ人びとを見つめてばかりいた

懐かしい日のために

死んでも死なない人びとが懐かしく
消えない声をさがして
市場でうろついた時が
一度や二度ではない

懐かしい日に会いに行く
故郷を訪ねて行く道のどちら
光州高速バスの車窓をかすめる
今は消えた　愛する人たち
高く青かったその日　みんな生きて涙ぐんでいるのか

世の中のことには一生涯口をとじ
涙ばかり流していた母も　今は
目をひらき　耳をかたむけ　死んだ息子らの前で

胸深く愛を抱いて
希望の歌を一輪の薄紅の花の上に
捧げている

南光州（ナムクァンジュ）

南光州の朝は梅雨葵の匂いがする
子どもをおぶった女が市場に座っている風景は
遠くから眺めれば許しを乞いたいところだが
近くでしっかりと見てみるがいい　それは涙だ
踏切で女が何人か大声で笑っている
踏切番がうるさいと怒鳴り
銭湯に行く子どもらは愛想笑いをする
中古の自転車に乗っていく
足の毛深い米屋のおじさんは

息子の予備軍の軍服を着ている
竹藪の中を
アイロンもかけていない服を着て
女たちが二人　米何升かを担いでいく
昨夜は夜空にツケで喚き
声を張りあげて　うたった女たちと
今朝　平順（ピョンスン）方面から来た
女たちの涙が南光州の悲しみだ
動くことのできない場面が
進歩しない事実が
灼けつく陽光の下で一日中続き
物売りの男の罵りあいだけが
いま到着した麗水（ヨス）発列車に乗せられていく
光州の南方の郊外は
俺たちが軽い気持で立ちさり
めくらめっぽう捨てさる邑（ウブ）の所在地の風景そのままだ

南光州の夕方は麴の匂いがする
三交代に入る娘がキャッキャッと駆けてゆき
巨大な山
無等が支配する夜は続く

涙

涙はいつでも卑怯だ。夜明けに止まり木を突く悲しい動物たちの嗄れた声、眠りを起こす涙は何でもない。韓国映画を観て、燃える懐かしさで故郷を思い出す郊外の謬（にかわ）を煮る黄色いおまえたちの輝く汗の玉は涙だ。

遠くの山を眺めて生きていた者も、夜明けの霧の中に一握りの灰として運ばれていった彼らの前で、心の中だけでも泣き声を吐いたものだが、私の涙さえ乾かすことはできないのではないか。

涙と境界を持つようになった、誰も記憶できない名の上に落ちる、冷めた代価は悪賢い。

陽炎（かげろう）の中に涙が落ちる時、消えゆく私たちのこわばった歌をうたわねばならないだろう。崩れゆく野原の下で歌をうたわねばならないだろう。涙のない世の中で。

故郷に帰る明るい道が

漢拏（ハルラ）よ　白頭（ペクトゥ）よ
会寧（ヘニョン）よ　海南（ヘナム）よ
ツツジを差し　レンギョウを手に持ち
漢江（ハンガン）の水陰に
船と船を出会わせてみよう
生まれ変われるとしたら

どの故郷に行きたいか
国土だけが私の故郷
母の乳房だけが私の国　私の河なのに
神父よ　牧師よ　僧侶よ
袈裟や僧衣や燕尾服は何に使うのか
祈禱しながら叫んでくれ
息子や娘をほしがる前に
一人の血がつながるように
強い奴らを追い散らし
帰ってくるように　怒りの啖を吐いてくれ
素手で葛の藪を乗り越え
暗黒の時代を剝いでくれ
新義州(シニジュ)よ　釜山(プサン)よ
豆満(トゥマン)よ　栄山(ヨンサン)よ
行けるところは一つの道
どこらあたりで　いつ頃　会おうか

おまえも俺も頬すりよせ　泣いてみようか

［注］漢拏や漢江や釜山などは韓国の山や河や街の地名で、白頭や豆満や新義州などは北朝鮮の山や河や街の地名。南北の地名を並列的に対比させて南北統一への願いをうたっている。

朴柱官（パク・チュグァン）は一九五三年、全羅南道光州で生まれ、東国（トングク）大の国文科、同大学院を卒業した。在学中の七三年に雑誌『草と星』に作品を発表し、早くから詩人として認められる。しかし、それから、六、七年間、作品を発表していない。その理由が何なのかは分からないが、八一年に『五月詩同人』が結成されてから活発な詩作を再開した。光州に生まれながら、光州を一人去り、ソウルで光州民衆抗争を遠くから傍観しているしかなかった彼が、「光州」以後、ふたたび詩を書き始めたことは象徴的である。

「死んでいる私を朝の来るたび起こし／無条件の愛と憤怒をもたらす力のない詩よ／暗闇を明るくさせる小さな火よ／記憶の何章かを／そぎとる痛みで抱きしめ／覚醒と涙と死を／背後で叫ぶ勇気のない私の詩よ／この地にしっかりと立ち　根をおろし／まだ暗闇だと叫びながら　真正直に書くことだ／最後まで一緒に行くことだ」（「序詩」全文）

七八年作のこの詩のひたむきな誠実さ、そしてひ弱さから、「詩は飯になり、武器になり、財産になりえることを固く信ずるようになった」（詩集『南光州』後記より）と言い切る変化、成長が、この間の事情を何よりも雄弁に物語っているようだ。

光州を離れた後、彼は父や兄、姉など多くの大事な人を失う。「帰りたい所に埋められたこの人たちの声を忘れまいと、一日に何度も南の空を見上げて罪の償いをしている私が、どうして予言者である詩人でありえようか」と嘆く彼の告白と、「ソウルの愛・5」などから、この人たちが「光州」で死んだと見るのは、あまりに穿ち過ぎた見方だろうか。いずれにせよ、肉親の死が彼に投影している苦痛は重く、深い。多くの詩の至る所に、それは顔を覗かせる。その衝撃と悲しみが、彼に死を書かしめているのではないか。

「悲劇は、それが復活に向かって開く時にのみ、初めてその価値と意味を付与される。それが悲しみの衝撃を超えられないかぎり、悲劇は最後まで通俗的な感情の次元以上のものになることは難しい」（詩集『南光州』解説より）

朴柱官の詩の特徴は、絵画的であるということだ。詩も絵も、時間や空間の断面を切り取って見せる芸術である。詩と絵はその点でもっとも近い。同じ次元にあると言っても良い。詩を読んで人は絵画的なイメージを思い描き、絵を見て詩を思い浮かべる。詩は絵画的イメージを触発する要素を多く持つほど、難解性や独善性を回避できる。感動をよりスムーズに伝え、感動をより増幅させることができる。ここで言う絵画的イメージとは、具象のみならず、抽象なものも含めるのは言うまでもない。具象、抽象を問わず、どれだけ豊かなイメージを喚起させられるかに、詩の一側面がある。

「ソウルの愛・5」は、克明に悲劇の状況を描きだし、まるで短編小説でも読んでいるような、くっきりとしたイメージを与える。最終四行は、たんたんと書きながらも、悲しみの深さをよく伝えている。

「南光州」は一幅の画面でも見るように、光州の風景や人々の生活を描写している。詩で一般的にもっとも弱いとされる嗅覚さえ動員する。市場や駅の臭い、汗の臭いが漂って来る。すべての感覚を研ぎ澄ませて働かせ、独自の世界を構築しようとする努力が、個性豊かで絵画的な詩世界を作り出している。

6　金準泰（キム・ジュンテ）――不条理と抑圧の暗闇からの脱出

錦南路（クムナムロ）の愛

錦南路は愛だった
私が歌と平和に
目覚めた春の日の丘だった
人びとが歳月に頭を濡らす街
私が人間という事実を
初めて知りえた街
錦南路は浅緑の河の土手だった
月見草をゆらして飛ぶ小鳥たち
錦南路の人びとは　みんな唇が濡れていた

錦南路の人びとは　みんな足の裏に土がついていた

錦南路の人びとは　みんな麦笛を吹いていた
幼子といっしょに揺れうごく錦南路
母親といっしょに畑に行く錦南路
父親といっしょに畑を耕す錦南路
祖母といっしょに孫たちを背負う錦南路
祖父といっしょに栗の木を植える錦南路
妹といっしょに柿の花を拾う錦南路
錦南路はタンポポと蝶の群れの故郷だった
懐かしさの粘り強い忍耐だった
そうとも！　錦南路は遠く
青山（チョンサン）に行く道だった　そうとも！
錦南路は近くの村に尋ねていく道
錦南路は母の乳房だった
私が昔　顔をうずめて泣いていた
母の白い乳房だった

夜行列車の中で

泣くまい
馬鹿みたいに泣くまい
暗闇よ　しかし
真の暗闇よ
暗闇の中の暗闇の兄弟たちよ
私たちは高句麗（コグリョ）
新羅（シルラ）　百済（ペクチェ）の時代から
どんなに鼻をつまらせて泣いてきたことか
高麗（コリョ）の時代から　どんなに泣いてきたことか
朝鮮（チョソン）五百年の間　どんなに泣いてきたことか
そして解放後　どんなに泣きつづけてきたことか
泣くまい　もう馬鹿みたいに
馬鹿な猿のように泣くまい
私たちは五千年の間　あまりに泣きすぎた

暗闇よ　おお　真の暗闇よ
暗闇の中に輝く
力の光よ　力の歌よ
私たちは今こそ　肩に力を入れよう
私たちは今こそ　目の玉に力を入れよう
私たちは今こそ　足の裏に力を入れよう
私たちは今こそ　良心に力を与えよう
私たちは今こそ　心理に力を与えよう
私たちは今こそ　花咲く樹に力を与えよう
私たちは今こそ　流れる歳月に力を与えよう
私たちは今こそ　銃剣以外の
すべてのものに力を与えよう
そして　私たちは今こそ走る
夜行列車の中で
まじわり　かたまり　身ぶるいしなければならない
ひたすら接吻（くちづけ）だけの民族統一のために

民族の雄々しい空のために

流行歌を聞いて

人びとよ
私たちはお互い
これ以上は殺しあうまい
私たちはお互い
これ以上は踏みにじるまい
私たちはお互い
これ以上は花房を切りすてまい
人びとよ　人びとよ　哀れな人びとよ
いつか　みんな大地に埋められ
蛆虫の餌になってしまう　悲しい人びとよ
私たちはもうお互いに

これ以上は石のように投げすててしまうまい
花から人の美しさを学び
鳥から人の歌を学び
夕焼けからは人の尽きぬ命を懐かしみ
人びとよ　死んで
星になる人びとよ

そなたの歌

山に遮られて来られないのですか
河に遮られて来られないのですか
野バラの蔓にからまった　そなたよ
溢れる波しぶきの胸　そなたよ
もう　あの人たちを待つまい
もう　あの人たちを夢に見まい

もう　あの人たちをうたうまい
もう　あの人たちの飯を食うまい
もう　あの人たちを懐かしむまい
野バラの蔓にからまった　そなたよ
溢れる波しぶきの胸　そなたよ
今は　私たちこそ待つ者
今は　私たちこそ輝く夢
今は　私たちこそ暁と希望
今は　私たちこそ私たちの飯
今は　私たちこそ私たちの懐かしさ
今は　私たちこそ私たちの歌
ああ　山に遮られても遮二無二いらっしゃるのですね
ああ　河に遮られても水を蹴っていらっしゃるのですね
野バラの蔓にからまった　そなたよ
溢れる波しぶきの胸　そなたよ

オモチャの銃でパンパン飛びまわる子よ

空の下　子よ
父さんの流れる涙の中に
しかし　星のように輝く
私たちの子よ
歳月の滑稽に出逢い
オモチャの銃でパンパン飛びまわる子よ

飯が　希望を騙し
飯が　愛を騙し
飯が　真理を騙し
飯が　痛みを騙し
飯が　天国と地獄を騙し
飯が　夢と良心を騙し
飯が　新聞とラジオを騙し

飯が　空と大地を騙し
飯が　死と死さえ騙し
壁が壁を眺めて騙しても

私はおまえを騙すまいと
ああ　私はおまえを騙すまいと
今日も私は私を騙す
私は悲しく　巧妙に騙すが
私はどうしても騙されない

金準泰(キム・ジュンテ)が詩人としてデビューしたのは一九六九年、朝鮮(チョソン)大学独語科の一年生の時である。発禁処分にされた詩集『国土』で知られる詩人、趙泰一(チョ・テイル)が創刊した月刊詩誌『詩人』に、「詩作はそのようにして良いのか」「作男」「ソウル駅」「アメリカ」などを発表して認められたのだが、実は同じ号に金芝河も「黄土の道」「緑豆の花」「雨」を発表してデビューしている。同じ全羅南道の海南(ヘナム)で四八年に生まれた金準泰と、木浦(モクポ)で四一年に生まれた金芝河。金準泰の早熟ぶりが伺えるが、この後、七〇年代に入るや、金芝河は長編譚詩「五賊」を引っ提げて衝撃的な登場を果たし、次々と問題作を発表していったのであった。しかし、金準泰の名は八〇年代に入るまで、ほとんど聞くことはなかった。それもそのはずで、どういう理由か定かではないが、大学在学中に海兵隊に入隊し、ベトナム戦争に従軍しているのだ。除隊後に復学し、卒業後はハクタリ高校で教鞭をとり、七七年に処女詩集『胡麻をはらいながら』を上梓しているだけである。

金準泰の名が脚光を浴びたのは、光州民衆抗争の直後に長詩「ああ光州よ、わが国の十字架よ」を発表し、当局に逮捕されてからである。

「ああ　光州よ、無等山（ムドゥンサン）よ／死と死の間に／血の涙のみ流す／われらの永遠なる青春の都市よ／（中略）／今、われらはただ／倒れて　倒れて泣かねばならないのか／恐怖と生命、どんなに／息をしなければならないのか／ああ、生き残った人びとは／みんな罪人のように頭（こうべ）をたれている／（中略）／しかし　われらは数百回死んでも／数百回よみがえる、われらの真の愛よ／われらの火よ、栄光よ、痛みよ／今、われらはいっそう生き残れる／今、われらはいっそう強い／今、われらはいっそう／青い空にのぼって／太陽と月に口づけする／光州よ、無等山よ／ああ、われらの永遠なる旗よ／夢よ、十字架よ／歳月が流れれば流れるほど／いっそう若くなれる青春の都市よ／今、われらは確かに／固く団結している、確かに固く手を握って起ちあがる」

この力強い、叫ぶような詩に、私たちは「光州」の真相をうかがい知ることができた。「光州」の真の意味を正しく認識することができた。「金準泰の詩には八〇年五月の体験が底に流れている。彼はその経験を通じて、ある宗教的な感受性に到達したようだ」と、詩人の金津経は書いているが、「光州」を前後して金準泰の詩がある質的変化を遂げたのは、少なくとも事実であろう。

「ああ光州よ、わが国の十字架よ」以後、彼の詩は変わったとは言え、初期詩篇の内向的な詩表現は依然として色濃く残り、激しさと力強さで、この詩を上まわる詩は書けていないように思う。

「錦南路の愛」にしても田園的情緒をベースにして、「母の白い乳房だった」と締めくくる心優しさ、おとなしさ、奥ゆかしさは、いわゆる「光州世代」の若き詩人たちとは異質のものである。リフレインを駆使して、感情の高ぶりを見事に表現しているが、「飯」という生きること、生活、避けられない厳しい現実との葛藤の中で、自分を騙そうとしても騙しきれない自己矛盾の悲しさを描いたりする。そして、「山に遮られて来られないのですか／河に遮られて来られないのですか／野バラの蔓にからまった　そなたよ」（「そなたの歌」より）、「君はどこにいるのか／夢みる君はどこにいるのか」（「夢みる君」より）と嘆くように、じりじりと焦燥感を抱いたまま、ひたすら待つのである。このもどかしさを打ち破れないのは、彼の生来のあまりにも柔和な抒情性のせいだろうか。

その点において、「夜行列車の中で」は能動的で、詩的情緒を社会的現実から見いだし、不条理と抑圧の暗闇からの脱出を、外に向かっても力強く訴えている。時には安易な表現方法として鼻につく執拗な反復表現も、この詩では効果的で、力をもっている。泣きつづけることは愚かな行為であり、涙で曇った目では暗闇の中の微かな光を見つけることはできない。「光あるうちに光の中を歩め」（トルストイ）。これができない者は、いつまでも暗闇の中をさまようしかない。祖国分断は克服できるのだ、民族統一は必ずできる、しなければならないのだという勇気をもつことが、今もっとも必要なのだという信念こそ、今の私たちの「光」なのである。「ひたすら接吻だけの民族統一のために」という、素晴らしい一行に、金準泰の成長を見る。

詩集には他に『私は神を見た』『汁ご飯と希望』などがある。日本語訳詩集としては、『光州へ行く道』（金正勲（キム・ジョンフン）訳、風媒社、二〇一八年刊）がある。

7　パク・ノへ——労働者の言葉でうたう労働者詩人

さまようのか

渡り鳥でもないのに
浮き雲でもないのに
餓鬼のころから自分の食いぶち探し
黄色い故郷の道を涙で濡らし
ソウルに　ソウルに流れてきたのさ

鉄の車輪の音に耳がなれるころ
朝昼晩の食券費と売店のツケをさしひいた
ぺらぺらの安月給が俺を押しつけ

正直にものを言ったら　始末書が背中を押しやり
あちこちの工団や工場に押し流されてきたのさ

どこもかしこも喉につまる油飯は同じなのに
ひとつ所に情がわき　うんざりするほど居ようと思っても
なんで　こうやって押しだされ　蹴とばされてばかりいるのか
カバンひとつに　布団包みを担ぎ
夕焼けの大通りを罪人のようにさまようのにこりごりし
見知らぬ顔と冷遇には　もう
鳥肌がたつのに
また旅立たなくちゃならんのか

見あげたら　ほほえむ月のまるい顔
俺の手垢に光る機械ととっくみ　必死に働き
働いただけもらい　人間扱いされる
仕事場を夢みるのだ

ああ　もう旅立つことはできん
もうこれ以上　さまようことはできん

あちこち根こそぎ流され　さまよった
今までの月日は
消すことのできない傷だけだ
悲しい涙の夜だけだ
膿んだこの体だけだ

また俺を切りすてる
こんな解雇通知にへたばってたまるか
渡り鳥でもないのに　浮き雲でもないのに
もう　もうお断りだ
俺の足で　俺の場所に立つのだ
堂々と　堂々と起ちむかい
当然あるべき俺の場所を探して

もう切りすてられはしない
しっかりと握りしめた
この荒れて　痩せた
熱く　力強い手を
けっして離しはしないだろう

風が石に

砂の上に植えた花は
のどかな春の日にも咲きはしない
竹がざわめくのは
風が吹くからだ
葦が髪ふりみだし　喚きたてるのは
風が吹きまくるからだ
石がころがり　土砂崩れを起こすのは

風に自分の重さを支えきれないからだ
竹でも葦でも石ころでも
風が吹くから叫ぶのだ

俺たちは静かに生きたいのだ
戻ってくるのは烙印を押された解雇通知と空腹
棍棒に牢獄だけだということは　はっきり分かっていながら
叫びながら突き進む者がいるだろうか
おまえたちは俺たちに
労働問題を起こすと言うが
俺たちは石のように　草のように静かに生きたいのだ
ただ砂畑の干からびた根っこを
肥沃な大地にむかって伸ばしたいだけなのだ
俺たちも春の日には　素朴な花として香りを咲かせたいのだ
俺たちに叫ばせ
土砂崩れを起こさせるのは

風が激しく吹き荒れ
これ以上　我慢できなくさせるからだ

反駁

誰かが一杯のコーヒーをおごると言う時は
何か頼み事があるからなのだ

上品な両班（ヤンバン）が
やさしい微笑みで俺の背中をたたく時
何を願っているか　俺は知っている

特別な待遇と称賛に
腰をおりまげて感激しても
奴らが何を狙っているか　俺は知っている

俺たちが起ちあがると
労使協調をくりかえし唱えるが
慈悲深い笑みの裏の陰謀と刃を
俺たちは知っている

知識があり　地位の高い両班だけが賢いのではない
餓鬼のころから　世の中を這いずりまわり
居候の飯になれ　数えきれない背信と敗北の中に
世の中を生きてゆく反駁が生まれたのだ

世の中には　ムキになって這いずりまわる奴はほかにいるのだ
仙人のように　ゆらゆら出てくる奴はほかにいるのだ
羽もなく　油の床を這う俺たち
ちぢこまり　反駁をひきずって生きているが
反駁が足踏みしてみれば

反駁どうし足踏みを合わせてみれば
巨大な反駁になることを

勉強したことはなくても
銭(カネ)の羽　刃(やいば)の羽をつけて暴れるのがどんな奴らか
奴らの世の中が　どういう世の中なのか
誰のための世の中なのか
俺たちは　巨大な反駁で知っている

苦い涙と抑圧と敗北の中で
巨大な反駁でころがり　ぶつかり　合体しながら
俺たちの反駁は
だんだん鋭く　明確に
鍛えられていくのだ

俺たちの反駁が　巨大な反駁に

ひとつの反駁にかたまりながら
労働する俺たちの明日にむかって
この世の中をころがしていくのだ

労働の夜明け

戦争のような夜勤を終えた
夜明けのひりひり疼く胸に
冷たい焼酎をそそぐ
ああ
こんなことをしていては　長くはあるまい
こんなことをしていては　最期まで生きられまい

朝も昼も晩も　パサパサの飯で
油もぐれの体力戦を

力をふりしぼってもがく
戦争のような労働を
長くは生きられなくとも
最期まで生きられなくとも
どうしようもあるまい

脱けだすことさえできれば
無気力で　夢遊病者のような
二十九の俺の運命を飛びだすことさえできれば
ああ　しかし
どうしようもあるまい　どうしようもあるまい
死ななければ　どうしようもあるまい
この　しぶとい命を
貧乏のくびきを
この運命を　どうしようもあるまい

疲れきった肉体に
またやってくる明日の労働のために
夜明けのひりひり疼く胸に
冷たい焼酎をそそぐ
焼酎よりきつい身悶えと負けん気と
憤怒と悲しみをそそぐ

どうしようもない　この絶望の壁を
ついに打ち破り　ほとばしる
荒い汗粒　血の涙の中に
喘ぎあえぎ育つ
俺たちの愛
俺たちの憤怒
俺たちの希望と団結のために
夜明けのひりひり疼く胸に
冷たい焼酎の盃を

回しまわし　そそぐのだ
労働者の夜明けの太陽が
昇る時まで

新婚日記

長いながい一週間の労働の果てに
凍った胸がうずくまり
冷たい夜明けの道をたどり
部屋の中に入ると
妻はすでに工場に出て　いない

一週間の労働
長い離別の溜息をつき
苦い煙草の煙を眩暈がするほど吸い

あわてて脱ぎすてた妻の寝巻をつかむと
ひとりで夜をすごした孤独な妻の辛抱に
涙がでる

深い眠りにおち　たまった疲労から目をこじあけると
夜勤を終えて帰ってきた　真っ青に凍った妻は
胸の上に倒れこみ　やるせなく撫でまわし
愛の接吻(くちづけ)に
俺の体は　少しずつ生気をとりもどす

お膳を間にむかいあい
一週間のたまった話
愛にみちた囁き
俺たちの一夜はあまりにも短い
夜が明けると　また別れなのに

辛い労働の中に　機械となって回る
俺たちの朝が怖い

たがいの愛で希望をいだき　背をむけあって
ひとつの心でともに前を見る
貧しい俺たちの愛　俺たちの新婚行進曲

オモニ

南道(ナムド)の飢えた初夏の　灼けつく陽光の下
手鎌(ホミ)を握り　畝間を這っていたあなたの胸で
しなびた乳を吸い
あなたの耕す肉一片　米ひとさじ
やわらかく　栄養のあるものを与えられながら
クモのように　己の母の体を食いちぎって大きくなったのです

ペンペン草を粥にして食べ　眩暈の中で大きくなっても
勉強もできず　恨(ハン)多い労働者になり　身悶えても
泥棒はしませんでした
仕事もせずに遊び歩いたり　他人を騙したりはしませんでした
私にこの世でただひとり
悲しませる人がいるとしたら
オモニ　それはあなたです

あなたのただひとつの願いと言えば
貧しくとも仲睦まじい平穏な家庭だったのでしょう
私は必死に働き　堂々と要求し
良心のまま　私たちの明日のために闘いました
闘争が深まるにつれ　私たちには試練が吹き荒れ
あなたはさらに不安と諦念の中にしゃがみこみ
また私をつかまえて哀願し　頼みこむのですね

オモニ
還暦をすぎても派出婦をしている
あなたの願いは　私たちみんなの願いなのです
家が貧しくて学べなかったために
侮蔑と冷遇と労働に　真っ青な恨がこびりついていたために
仲睦まじい平穏な家庭への望みは
あたりまえの私たちみんなの悲願なのです

おお！　オモニ
あなたの中には私たちの敵がいます
オモニの願いを
平穏な家庭への望みを残酷に踏みにじった奴らは
悪賢くも　あなたの悲願の中に
屈従と利己主義と貪欲と安逸の毒蛇がとぐろをまき
あくどい敵のもっとも執拗で強固な舌で
私たちのもっとも弱い人の情をほじくり　誘惑するのです

この世に生まれ　ただ一人
オモニの胸に釘を打ちます
オモニの切実な願いのために
この地のすべての母の悲願のために
抑圧され　奪われた幸福をとりもどすために
今日　私たちは親不孝者になり
あの残酷な闘いの場に　泣きながら
あなたのそばを離れます

オモニの血の涙と恨みを抱いて
必ず愛と孝行する心であなたを抱きしめ
私たちの大切な平和を勝ちとるために
血まみれの闘いの中に
勝利の旗を高くひるがえし　光り輝く顔でもどり
大礼（クンジョル）をささげる　その日まで

オモニ　私たちは天下の親不孝者です
あなたの中にとぐろをまいた敵の舌を
冷酷に　敵として断ち切る
心からあなたを愛する
天下の手におえない親不孝者となり
血の涙をこぼし　闘いの場にむかいます
オモニ
オモニよ

「人間は機械ではない」と叫んで抗議の焼身自殺をした全泰壱（チョン・テイル）と、長篇譚詩「五賊」をひっさげて特権階級を辛辣にこきおろした金芝河の出現をもって、韓国の一九七〇年代は始まった。この二人、この二つの「事件」は民主化運動、労働運動に大きな影響を与え、ひいては民族文学のあり方や方向性に強烈なインパクトを投じたのであった。

独占資本主義体制の強化による開発独裁による急激な外資導入、借款による輸出主導型の歪な経済構造は、労働者に長時間労働、飢餓賃金、劣悪な労働条件を必然的に強い、農民の都市流出を促した。それに伴って七〇年代に入り、労働者、農民は急速に覚醒し、闘争の量的・質的発展を成しとげた。

作家の黄皙暎（ファン・ソギョン）は「時代状況に応じて変遷してきた民衆の概念は七〇年以降、より積極的で前進的なものとなる。自らが置かれている政治的状況を変化させるために自ら考え、行動する人びとを民衆と呼び始めたのである。これらの人びとには、生産過程の第一線でもっとも苛酷な労働と犠牲を強いられながら、富の分配ではもっとも損害を受けている農民、労働者がこれに該当する」と規定したが、民衆としての覚醒と自覚が詩、小説、ルポルタージュ、手記、マダン劇（広場での民衆演劇）台本などの形を借りた彼らの自己表現、現実告発、訴えとなって生まれてくる。

詩では、柳東佑（ユ・ドンウ）の「ある石ころの叫び」、チャン・ナムスの「奪われた職場」、宋孝順（ソン・ヒョスン）の「ソウルへの道」、李泰昊（イ・テホ）の「火花よ、この闇を照らせ」、石正南（ソク・ジョンナム）の「工場の灯」、スン・チョムスンの「八時間労働をめざし」などのほかに、集団創作も試みられている。いわゆる、これら労働（者）文学と呼ばれている作品の中で、突出した評価を受けているのが、パク・ノヘのベストセラーになった詩集『労働の夜明け』（プルピッ社、八四年刊）である。その評価が過大でないことは、ここに訳出した数篇の詩を見ただけでも納得できよう。

労働現場で働く者が書いた作品と、プロの作家や詩人が労働現場にモチーフを求めて書いた作品とは、自ずと質的差異が生じるが、前者の場合、これまで創作と言うよりは現場の報告、告発に止まる作品が少なくなかった。労働（者）文学に対する批判や攻撃は、体制派の文学者のみならず、民衆文学を目指す作家や詩人からもあるようだが、それなりの役割を果たしたその存在価値は頭から否定されるべきものではなかろう。ただ、報告や手記と創作とは自ずと違うということも、また自明の理である。訴え方の質が違い、訴えの受け取り方の深度が違う。さらに言えば、感動の質が違うと言っても良いだろう。

しかしパク・ノへは、非人間的な生を強いられている自己を含めた労働者の絶望と悲しみ、恨みと怒りを描きながら、人間らしい生き方、人間の尊厳を守る闘い、つまり民衆解放、人間解放を、そして民主主義と民族統一を現場からの生々しい声でうたい、切実に、鋭く訴える。労働者の苦痛を生の本質的問題にまで昇華させた結晶が、詩という形になったと言うべきか。文学は自分の周りで起こった事件や体験を伝えるだけでは成立しない。つねに新しい発見、発想、問題性をもち、普遍的な問題提起がなされなければ、その文学的価値は当然うすれる。「竹でも葦でも石ころでも／風が吹くから叫ぶのだ」（「風が石に」）や、「おお！　オモニ／あなたの中には私たちの敵がいます」（「オモニ」）に見るように、この光り輝き、ドキリとさせる詩的発見の一、二行で、これらの詩は詩として立派に成立していると言っても過言ではない。パク・ノへは、労働者の言葉で、リズムで詩を書く。甘ったるい既存の抒情性を否定する。しかし、その根底には、人間への深い愛情が溢れている。

「新婚日記」は共働きで、苛酷な重労働のためにすれ違いの生活をする新婚夫婦のことを描いていて、なんでもない労働者の日常を描いた詩なのだが、妙に心に残る詩である。純朴な愛情の表現と、それと対立する労働の辛さが際立っていて、読む者を思わず引きこむ。ここには訳出していないが、「シダの夢」「いくらか」「あなたを捨てる時」なども、労働者の生活を、また労働者の置かれている苛酷な現実を、正直に、赤裸々に、言葉を換えれば生き生きと描きだしている。オブラートに包んだり、美化したり、あるいは憐れみを乞うようなことはけっしてしない。

文芸評論家の崔元植(チェ・ウォンシク)は評論「労働者と農民」(『実践文学』八五年春号)で、「日帝時代の流浪労働者・崔曙海(チェ・ソヘ)と、分断時代の組織労働者パク・ノへ」を対比させながら、「非人間的な条件に縛られている労働者の苦悩と夢を、労働者自身の声でうたうことによって、われわれの詩の新しい可能性を示した彼の詩は、このことによって既存の民衆詩と鮮明に関係を断っている」と評価しながらも、彼の詩には伝統的な形式がほとんど使われていないとし、「現実的に今日、労働者の大部分は農民の息子、娘である。韓国の労働運動がさらに深く根ざすためには、労働者の体と心の中に隠されている農民的記憶をただ克服すべき障害として規定するよりは、瑞々しい力の源泉として包含し、超越していく態度が求められる」と要求を高める。文芸評論家の白楽晴（ペク・ナクチョン）や金芝河も似たような指摘をしている。また、パク・ノへの詩はあまりに饒舌すぎ、同じ詩句を繰り返すなど、だらだらとした感じを与えたり、あるいは不必要な部分も少なくない。このような克服すべき点はあるにせよ、彼の詩篇は新しい段階の民族文学、民衆文学がどういうものかを垣間見せてくれる。

パク・ノへは一九五六年、全羅南道（チョルラナムド）で生まれ、一五歳でソウルに上京して技能工と働き始めて以来、労働者として詩を書き続け、長い獄中生活も体験した。パク・ノへというペンネームの「ノ」は労働（ノドン）のノ、「へ」は解放（ヘバン）のへであり、詩人の金應教（キム・ウンギョ）は彼を「八〇年代の文学史的な人物」とし、「彼の登場は労働者階級の自己表現が文学的成熟を達成したことを表わして」（雑誌『詩と思想』二〇〇二年九月号、詩人の佐川亜紀との対談）いると評価している。

二〇〇一年には訪日し、早稲田大学で講演会を開いたが、この場で彼は「今この時代においては革命は過激で破壊的なものではなく、根本的であって柔らかく長い呼吸で内外が共に達成されていくものでなければならない」としながら、「私がまずわずかに稼いで分けながら使い／より害のない、より罪の少ない爽やかな表情で／すべての人が私のように生きればよい世界になり／青い地球　青い未来が生きると／私がまず変化した人生を歩むこと」という「ナヌム（分かち合い）の思想」を強調した。その後、「ナヌム文化研究所」を設立して、多様な運動を展開しながら、人間主義的実践を続けている。

金應教によると、パク・ノへが労働現場から去って変質したという批判が一部にあるが、彼は「一貫して変化がない」「彼の一貫性の核心は人間主義」だと指摘している。この背景には、韓国社会が民主化された後、労働環境も少なからず改善されたこと、非正規労働者の急増、外国人労働者の流入など、労働現場の劇的な急変があったと思われる。つまり、パク・ノへが変化したのではなく、労働の現場や社会的世論が変化したのであり、彼はこれに対応しているだけなのだと肯定的に評価することもできよう。

他の詩集に『あなたの空を見て』などがあり、日本語訳詩集としては『いまは輝かなくても　朴ノへ詩集』（康宗憲（カン・ジョンホン）・福井祐二共訳、影書房、九二年刊）、『この地の息子として生まれて』（辛英尚（シン・ヨンサン）編訳、梓書店、九三年刊）がある。

8　金龍澤（キム・ヨンテク）――農民の民族的リズムを回復させた詩人

民衆の旗

母よ
今日も　あなたは
一生　大地を踏みしめて
厚くなった足の裏が
熱い砂利にふれて熱く
土の中に手をいれて　種を覆えば
ふしぶしが太くなった手の指が
熱い大地の燻製として
土の匂いと　息がふうふう顎を打っても

息つく間もない
土埃の中に
光る手鎌（ホミ）の先に
火の玉のように干あがった畑
あなたの体中をひっかき　突き刺し
血と汗と涙を流し
穀物を育て
膝の裏が痺れる体を起こし
息を吸いこんで畑のへりに吐く
顔をなでれば
土埃がつもって　ひっかかる
凝結した恨みと悲しみの深い歳月
おお　母よ
火をつければ燃えてしまう
五月　六月の薪のように乾いた　あなたの体は
太ることを知らない

抑圧と搾取の長い農民の歴史
その息づまる
熱い土風の中を
労働でかきわけ　突きぬけ
暗い世の中を明るくしてきた
青黒い山の中の小さな畑
豆を植えれば　豆が出て
小豆を植えれば
小豆がきらきらと育つ
あの照りつける陽射しの中
燃える大地です

母よ
健康なところ　ひとつなく
引き裂かれた肉芽の裂け目ごと
土にまみれた　あなたの体は

剣先も銃弾も
いかなる圧政の金属も
すべて受けいれ　腐らせ
穀物を育てる土
使っても　使っても減らない
贅肉のない　あなたの涙ぐましい土色の体は
私たちの懐かしい民主　民衆　民族統一の解放の地
働く人びとの世の中に
血ぬられた銃剣の林をかきわけていく
あの先頭にたなびく闘争の旗
人間解放のなしとげられた大地に
まぶしく　はためく
血と汗と涙で
この地に捧げてきた
あなたの体は
長い　長い暗闇の歴史を照らしてきた

新米のようにまぶしい
堂々たる労働の旗
民衆解放の旗です　母よ

詩はソウルで書き　生きるのは俺たちが生き

一般稲は共同販売し
力のある奴はソウルに行き
統一稲は俺たちが食い
頭の良い奴は移民に行き

在来種は刈りとり
若い奴はこづかれ
改良種は耕しておき
年寄りは村に残り

豊かな土地には　おまえらが生き
豊かに暮らすのは　おまえの人徳
人の住めない土地には　俺たちが生き
貧しいのは　俺たちのせい
利子はおまえらが持ち
借金は俺たちが持ち

目覚めた奴はぶん殴り
眠っている奴には餅をやり
泣く奴は蹴とばし
遊ぶ奴にはもう一杯やり

蟾津江(ソムジンガン)1

日照りの蟾津江について行ってみろ
汲んでも　汲んでも　全羅道(チョルラド)の毛細血管のような
小川の水がたえることなく集まり流れ
陽が暮れれば　暮れる河辺に
白飯のようなクローバーの花
炭火のようなレンゲの花を髪に刺してくれ
地図にもない村の河辺に
植物図鑑にもない草に
暗闇をひっぱりこんで殺し
陽に灼けた額に麗しく
花提灯もつけてくれる
流れ流れ　喉がつまれば
栄山江(ヨンサンガン)に向かう水脈を呼びよせ

骨が砕けるほど　懐かしく抱きしめ
智異山(チリサン)の重々しい腰に巻きつくようにまわる
蟾津江について行ってみろ
蟾津江の水は　どこかの数人の奴が
汲みだしたからといって　干あがる河かと
智異山が沈んだ水で顔を洗い
起ちあがって　カラカラと笑い
無等山(ムドゥンサン)を見て　そうではないかと尋ねれば
夕焼けに燃えた無等山がそうだと
うなずく
その姿を眺め
暮れゆく蟾津江について行ってみろ
どこかの何人かの　父のいない無礼者らが
汲んでいったからといって　干あがる水かと

[訳注]・蟾津江　全羅南道の東部山地を貫流し、南海(ナメ)に注ぐ河。

・栄山江　全羅南道潭陽の秋月山に源を発し、西海に注ぐ河。
・智異山　小白山脈の南側にある四大名山の一つ。
・無等山　全羅南道光州市近郊にある山。

蟾津江15——冬、愛の手紙

山間の小さな野原と　小さな川と村が
冬の月の光の下　こじんまりと
ひっそりとある所
人びとはそこに長い間　田畑と生きています
冬の畦道をとおり
澄みきった血で静かに息をとめて氷っている
冷たい麦の葉に顔をあててみると
あったかい胸だけが氷ることができ
あったかい血だけが溶けることができることを

この冬に信じます。
月の光　山の光を浴びて
霜のおりた草の葉をこすりながら
さざ波がきらめき
ひっそりと氷る肌の
大地の息の　静かに引っぱられる痛み
大地をめざした冬の草の
体をすっかり横たえた懐かしさ
あなた
ああ　澄みきった血で氷る
冬の月の光の中の水草
その草の光のような　あなた
あなたを愛します。

火よ！　火よ！　山火事よ！

腰の痛い春だ
氷の大地を溶かし
痣だらけの胸を広げ
閉じた眼を見ひらき
落盤した耳をうがち
閉ざされた門を蹴やぶり
もつれた舌をほどき
ああ　新しく芽吹く叫び
真っ青な空にむかって
ほとばしる喊声だ
山という山を越え
野という野を渡り
東海（トンヘ）　西海（ソヘ）　南海（ナメ）
鴨緑江（アムノクカン）　豆満江（トゥマンガン）　国土のはるか遠く

この地のあらゆる不純
這いだし　燃やしつくす
とめどない爽やかな炎
火よ！
火よ！
山火事よ！

［訳注］・鴨緑江　北朝鮮と中国東北部の国境を流れる河。
・豆満江　白頭山（ペクトゥサン）に端を発する朝鮮第三の大河。

金龍澤（キム・ヨンテク）が詩人として広く知れわたったのは、創作と批評社が一九八二年に出版した『21人新作詩集　消えない松明として』に九篇の詩を発表してからである。この時は投稿作品となっているが、「胸に染みる土の匂いも良いし、複雑な状況に対する認識も少なからずあり、リズムも新鮮なところがある」と、すでに編者（金潤洙（キム・ユンス）・白楽晴（ペク・ナクチョン）・廉武雄（ヨン・ムウン））の高い評価を受けている。

一九四八年、全羅北道任実（チョルラブクトイムシル）で生まれた彼は、故郷の国民学校で教師をしながら、『詩と経済』の同人としてかなりの詩篇をものにしていたようで、その後の活躍はめざましく、八四年には創批詩選の四六番目の詩集『蟾津江』を上梓している。

金龍澤の農民詩は、民衆文学の中で注目され、評価されている。文芸評論家の崔元植（チェ・ウォンシク）は「金龍澤は優れた抒情詩人である。私たちはこの詩集で、私たちの囁きを手際よく駆使し、わが国の美しい山河を渦巻く河のようなリズムに乗せることを知っている、私たちの時代の最高の抒情詩と出会う。翻訳体のような言葉遣いと、混乱したリズムが横行する詩壇で、この才能はとくに貴重である。…多様なリズム的実験を多様な言語の層位と成果裏に結合させることによって、既存の抒情詩の世界を変革する可能性を開いた、彼の試みは非常に興味深い」と激賞する。

まず、金龍澤は従前の、あるいは現在の他の農村詩とは異なる立場で詩を書いている。詩集『農舞』で第一回萬海（マンヘ）文学賞を受けた申庚林（シン・ギョンリム）が農村詩にとどまっていたのとは違い、金龍澤は農村詩ではなく農民詩を創ろうとしている。モチーフやテーマはほとんど同じであるのに、農村詩と農民詩の違いはどこから出てくるのだろうか。金龍澤はもちろん農民ではない。しかし、自分の故郷で教師をしながら、農民とともに生きている。貧しい農民の息子として、虐げられる農民たちの中に深く入りこみ、農民の立場から、農民の言葉とリズムでうたう。

「生きながら　私は私より私の隣人たちの農事に／私の手が白くて恥ずかしく／灼けつくような陽射しの下で真っ黒になった農民たちの／抑圧された一生が／（中略）／土を怖れる手で詩を書き／彼らの息子や娘を教え／私は教えるのが辛かった」

（「道で」より）

自虐的とも思えるこの詩句からも、彼の手はおそらくソウルの詩人たちよりも陽に焼け、ごつごつしているだろうことが伺える。農民の目から世の中を見ようとする姿勢は、「民衆の旗」にもよく表われている。一生を田畑で働いて、ボロボロになった母の体に「抑圧と搾取の長い農民の歴史」を見いだし、母を「燃えた大地」「民主　民衆　民族統一の解放の地」「民衆解放の旗」だと見なす。学もなければ、力もない、さらには民衆とは何なのかも自覚していないであろう一人の年老いた農婦を「民衆の旗」だとする、その愛に溢れた視線こそ、金龍澤の強さと素晴らしさであろう。

モチーフやテーマを農村や農民に求めたから、あるいはそのモチーフやテーマが明快だからと言って素晴らしい詩になるのではなく、それを踏まえた上で、またはその前提として、まず誰の目から物を見るのか、どう生きようとしているのかの姿勢がもっとも重要なのであり、鋭く問われるべきものなのである。

その姿勢そのものが詩となったのが、「詩はソウルで書き　生きるのは俺たちが生き」ではないか。要領よく立ち回る者らはさっさと都会に出ていき、財産を持って祖国を捨てて外国に逃げる。しかし、貧乏くじを引かされたのだろうが何だろうが、ここは自分の国で、自分たちの土地なのだ、ここを離れて暮らせないのだという不器用な純粋さ。そして、甘い汁を吸う者らへの怒り。これはテーマやモチーフ云々と言うよりは、一人の人間としてどう生きていくか、生きようとしているかの根源的表現の結果である。彼の視線は故郷の山河にも暖かく注がれ、連作詩『蟾津江』として美しくも、力強い詩集となって結実している。

さて、リズムの問題だが、ここに訳出したどの詩も、非常に翻訳に苦労した。と言うより、独特の彼のリズムは訳しきれない。私は大学の卒論で、民謡を彷彿とさせる伝統的な固有のリズムを現代詩に蘇らせたとされる申庚林の詩集『農舞』を全訳しながら「翻訳論」を書いて提出したが、この詩集は苦労したものの何とか訳せた記憶がある。しかし、金龍澤の詩はお手上げと言って良いくらい難しい。難しいのは日本語に翻訳することができあって、韓国語でそのまま読むとよく分かる。つまり、彼の詩は方言や農民の日常語が頻繁に使われ、さらに伝統的な民族のリズムを多用しているため、翻訳でその素朴な味を伝えるのはほとんど不可能に近い。「蟾津江14 ――カボチャ」「犁耕」などは音合わせ、言葉遊び的な要素をふんだんに使っていて、原文で読むには楽しく、現代の民謡とも言える作品だが、翻訳はお手上げで、紹介することはできなかった。

それはともかく、金龍澤は農民の言葉、農民のリズムで詩を書くことにいささかの躊躇いもなく、果敢に作品化している。これは「帝国主義侵略とともに破壊された私たちの詩のリズムを回復させる作業は、今後、重要な課題の一つだ。さらには、朗読を通じて詩と大衆の直接的な結合を真摯に検討している今日、私たちの詩が真に民族的リズムを回復することは、この劣悪な植民地的な音環境から解放する第一歩である」（崔元植）と評価されるのである。

詩集に『妹よ、日が暮れる』『河のような年月』『キスを願わない唇』など多数あり、金洙暎文学賞（八六年）、素月（ソウォル）詩文学賞（九七年）、尹東柱文学賞（二〇一二年）など受賞も数多くある。

9　李東洵（イ・ドンスン）——名もなき人びとの代弁者としてうたう

私の眼をあなたに
——ある失郷民（シリャンミン）の遺書

私の眼をあなたに捧げられることを嬉しく思います
真の喜びを感じられるようにしてくださった神よ
そして　私の隣人たちに心からの感謝を捧げます
この身を親からうけついで　今日まで
ひたすら真の生きがいのために生きてきましたが
今　天のお呼びをうけて旅立ちます
私の病は不治のガン　みなは悲しみの涙を流します
むしろ私は喜びの時がきたことを知っているので

嘘みたいに落ちつき　より堂々と
私の眼をあなたにさしあげられることを喜ぶのです
私が死んだ後も　生きている私の眼は
長い暗闇をさまよってきたあなたの体の中で
誰よりもしっかりとした明るさになるでしょう
何度死のうと　死なない永遠の生となるでしょう
いつか　あなたもこの世を去る時
大切にした眼だけでなく　大事な何かが
なくて苦しんでいる人に分けてあげてください
これこそ　体をやりとりする愛なのです
水におぼれた子どもを救おうと　深い沼に飛びこんだ
一家の死を今になって少し分かるような気がします
切っても切れない愛の強い紐が
同胞（はらから）の胸の中にひきつがれることを望みます
死ぬ前に願いがあるとすれば　ただ一つ
代々受けついできた私とあなたの小さな眼でも

永遠に消えない　この国の火種となり
北の故郷を探していく果てしない行列を
二つの眼がつぶれるほど　見られたらということです

別れた人びと1
――最北端という言葉

白翎島（ペンニョンド）や花津浦（ファジンポ）　その辺りが
この国の最北端だと言う
いつしか固定した言い方はもはや修正されなければならぬ

違う　違うと叫んでみる言葉も
苦しい息遣いとなり　それ以上は行けない非武装地帯で
俺たちは自分の体の分かれた血と骨を
分かれたそのままにして　見ているだけだ

ときどき統一のあるべき姿を悟りはしても
ひとさじの飯に腹がふくれ　すぐに忘れてしまうが
長湍（チャンダン）　金化（クムファ）　その辺りが
この国の最北端だという　きっぱりとした言い方だけは
簡単に聞こえないように　必ず修正されなければならぬ。

今年も暮れ　雪は降り
別れて懐かしい心　からっぽの空の果てに積もるのに
植民地時代に写されたという白頭山（ペクトゥサン）の写真は
月日の経つほど　蠅の糞に埋もれて色褪せていくのに

夢みるたびに行ってみる豆満江（トゥマンガン）の青い水
酔い心地の中に遠ざかる櫓をこぐ船頭
遠い霧の中にかすかに埋められた
寂しい北間島（プクカンド）

［訳注］・白翎島　京畿道（キョンギド）の西海上にある島。
・花津浦　江原道（カンウォンド）にある干潟湖。
・長湍　京畿道にある村。
・金化　江原道にある村。
・白頭山　咸鏡北道（ハムギョンブクト）と中国との国境にある朝鮮で一番高い山。
・豆満江　白頭山より流れでている大河。
・北間島　白頭山東方の豆満江対岸地方。

別れた人びと2
――ある失郷民の回顧

私の故郷は満浦鎮（マンポジン）
吹雪の中に凍っている鴨緑江（アムノクカン）の
川底に春は潜み

まだ疲れた冬眠を眠っていることだろう
青い河の光　白魚の群

母の漬けた白魚の塩辛が忘れられず
ときどき東大門（トンデムン）市場で買って食べてみるが
どうしてもあの時の味は味わうことができない
白魚が変わってしまったのか
時代が白魚の味をおとしてしまったのか

休みになると　駆けて行った北行列車
車窓に巨人のように走る妙香山脈（ミョヒャンサンメク）

私の故郷は　国境近くの最後の駅
昔の城跡に囲まれた入口にトタン屋根の家々
夏中　筏に乗って河の流れを遡って行ったあの日々

父は南に私を見送ってくれ
ふりかえり　ふりかえり
また行きかけては　黙ってふりかえり
涙で曇っていた江界駅（カンゲ）

今も父ははるかな孤独の道を歩く
父母の最期を見とどけられなかった
私は世の中に二人といない親不孝者だ

［訳注］・満浦鎮　中国東北部と接する国境都市で、満浦線の終点。
・鴨緑江　白頭山から流れでて西海に注ぐ朝鮮随一の大河。
・妙香山脈　北朝鮮の平安北道（ピョンアンプクト）と南道の境界に伸びる山脈。
・江界駅　平安北道にある駅。

別れた人びと5
——妻を北に置いてきた夫の手紙

「すぐ帰ってくるからな」という
約束のない言葉が最後になってしまったね
遠くまでついてきた夜明けの道
黙って頭をあげ　オッコルム（結び紐）でしきりに涙をふいていた
おまえの顔は　月日が経つほど目に鮮やかだ
あの時　私の服の裾をつかんで　駄々をこねていた
末っ子ももう立派な若者になっただろうね
目の前に故郷をおいて　おまえは息子を
私は娘を連れて別れたのだが
何と数奇な運命の悪戯なのか
おまえと別れた後　私は夜明けの祈禱に
一日も休まずに行っているよ
祈禱の中では　いつもおまえに会えるからね

昨夜の夢に　痩せたおまえが出てきたが
私たちは目と鼻の先にいながら会えないのだね
越南（ウォルナム）同胞たちはほとんど再婚しているが
私はどうしても　おまえのことが忘れられなくてね
おまえももう還暦をとっくにすぎたお婆さん
同じ日　同じ時間に　私たちは一緒に死んで手を握りあう
それが私の夢　今の願いなのだよ

ダイナマイト

愛と戦争の渦の前で
愛に背く戦争のあつかましさの前で
戦争を孕む偽りの愛の甘ったるい囁きの前で
私は私の光る精神を爆破しよう

オルガズムと恍惚を捏造する時代の　五色の
火の光の前で　幻覚剤と分断と　型にはめられた
日常生活の無表情の前で
私は私の光る精神を爆破しよう

工業技術と世界の破壊的な死
の渦巻きの前で　凄惨に　凄惨に身震いする渦巻き
の前で　私は私の精神を爆破しよう

息づまる空気と　良心の窒息
とるにたりない鳥の屍　植民地の憂鬱な追憶
信管と火薬だけがつまった倉庫の前に立ち
私は私の光る精神を爆破しよう

詩は難しいとよく言われる。詩を読むことを初めから拒絶する人もいる。詩を少し書いたりする私でも、日本や欧米の現代詩はあまり読まないし、読んでも分からない。この

「分からない」というのは、まず共通の言葉の概念をもてないところから生じる。もちろん、詩は新しい言葉の結合を試みる文学だから、このことは詩を読む前から承知してかからなければならないのだが、詩人があまりに自分の世界だけの言葉を連ねる時、読み手は詩の世界に入る前に挫けてしまう。

次に、あまりに自分の世界だけに閉じこもり、自分の世界だけを描こうとするところから、「分からない」という問題が生じる。個性の表現が文学ではあるが、同時に文学は他者に向かっての発信でもある。独善的な、自分の立場や見方だけを押しつける詩が楽しいはずはなく、読む者の心を揺さぶるはずもない。

李東洵（イ・ドンスン）の詩は、けっして「分かりやすい」詩ではない。一九七三年、『東亜日報（トンアイルボ）』の新春文芸に「魔王の眠り」が入選して、詩人として認められる。詩人の李太洙（イ・テス）は連作詩集『浮き草』の跋文で、「テーマ設定と、その形象化において独特で、斬新な技法と、熾烈な詩精神を示した。幻想と現実の交錯、即物性と観念性の巧みな混合、超現実主義の光をおびた表現と、絢爛たる言語駆使は断然まぶしかった。時には現実意識をひそかに内包しながらも、純粋性を維持しようという努力を表面化させ、ドグマと観念自体も排除しようという態度をとりもした」と評価したが、どうもこれは「専門家」だけに好評だったようだ。

初期の詩篇は、自己の内面風景を立体的な風景描写を駆使して見せることにのみ力点を置いていたために、非常に難解である。つまりは、よく「分からない」。しかし、それでも現実を見すえる意識を内包したために救われており、だから評価もされたのだろうし、以後、民衆の視点に立った詩を書くようになったのだとも言えよう。

　李東洵の詩は一九七五年くらいから変わり始め、自己の経験だけにとどまらず、「追体験を通じた伝統的な恨の口碑文学的継承」（李太洙）を試みだす。七七年に発表された「瑞興金氏内簡」「待春賦」「浮き草」から、歴史的現実に深い関心を抱き、本格的な民衆詩を志向し始める。この頃から、彼の詩は少し「分かりやすく」なってくる。彼は言う。「貧しく生きながらも、悲しみの現実を諧謔と風刺で克服する故郷の人びとの生の意志を、いつかは詩の中に蘇らせたかった」（詩集『浮き草』後記より）、と。

　彼の視線は自己から広く外側に向かって伸びてゆき、父や母、あるいは故郷の人びとの生活や歴史に向かう。そして白丁（ペクチョン）階層（部落民）の地位向上と民権回復運動（衡平運動）を描いた長詩「黒い足袋」（七九年）、ダム建設によって故郷を追われる農民たちの悲しみと怒りを描いた長詩「水の歌」（八一年）のような、骨太く、力強い作品を生みだす。八〇年代に入って、彼の詩はこの傾向をより強める。ここに訳出した詩篇はすべて八〇年以降の作品だが、どれも「分かりやすい」詩であると思う。もちろん、「分かりにくい」詩はまだかなりあり、反対に「分かりやすい」ことを重視したために、感動や緊張感が希薄になった作品も少なくない。また、これまで紹介してきた詩人たちの詩と比べると、李東洵の詩はけっして「分かりやすい」詩ではない。

文芸評論家の崔元植が「初期詩篇についてどう思うかと質問すると、彼は簡単に『発声練習』だったと答えた」と言う。しかし、「分かりにくい」初期詩篇に彼の詩人としての資質は育まれたのであり、今日、それは彼の個性となっていると見るべきであろう。言葉の新しい結合を大事にする姿勢は、詩を創作する上でマイナスにはならない。その度合いが問題なだけである。

さて、どうして彼の詩が「分かりやすく」なったのか。それは、何よりも民衆の伝統的な恨の世界から歴史や現実、生活や社会、情緒や感動をうたいだしたからである。そして、モチーフやテーマを単に歴史的出来事や民衆の生活に求めたからではなく、彼が民衆の視点で時間や空間を見ようとしたところにある。歴史や社会を変革し、人間性の喪失を克服しようという意志を表現しているか、読む者と感動の空間をどれだけ共有できるかが重要なのである。

「民衆は鬼神(クィシン)ではない。民衆は私たちの外に遠くいるのではなく、私たちと共にあり、私たちの内にある。そのために今日、真の民衆詩の建設を願う詩人は、その他のいかなる詩を書こうとする者より、何倍もの困難に直面することになる」

（崔元植、詩集『水の歌』解説より）

誤解を恐れずに言えば、「分かりにくい」詩より「分かりやすい」感動的な詩を書く方が何倍も難しい。個の世界の喜怒哀楽を表現するより、民衆の中で民衆とともに喜怒哀楽を分かちあいながらも、自己を失わず、自己内部にある民衆性と個性を結合させて、詩を書くことの方が難しいのは当然のことであろう。ある詩人は言った。「今、詩人がすべきことは、名もなき人びとのことを書くことであり、名もなき人びとの書いた文章を世に出すことだ」、と。

朝鮮半島が分断されて、さまざまな事情から北から南へ、南から北へ移動することによって故郷を失った人びとを意味する「失郷民」という日本語では使わない言葉をそのまま訳語として使ったが、まさに失郷という言葉がふさわしい朝鮮民族、民衆の生を、李東洵は「別れた人びと」という連作詩で描きだす。彼の視点は名もなき民衆の様々な人間、しかし共通の苦しみと悲しみをもつ人びとにのりうつり、のりかわりながら、その断面を鮮やかに見せる。

「永久に消えないこの国の火種となり／北の故郷を探していく果てしない行列を／二つの

眼がつぶれるほど見られたらということです」「同じ日　同じ時間に私たちは一緒に死んで手を握りあう／それが私の夢　今の願いなのだよ」という詩句に思わず涙ぐみ、民族統一の切実さを痛感する。これが、詩の力である。

李東洵は一九五〇年、慶尚北道金陵郡（クムルングン）生まれ。慶北（キョンブク）大学大学院卒。「自由詩」同人。大学で教鞭をとりながら、詩集に『浮き草』『水の歌』『その馬鹿どもはもっと馬鹿になる』、叙事詩に『洪範図（ホンボムド）』などがある。

10　金正煥（キム・ジョンファン）――暴れまわる荒馬の奔放なイメージ

道喪失

命をかけて生きてこられなかったことが恥ずかしく
道はあんなにアスファルト道路だ
生というものは　ひたすら命をかけることなのに
そうでないなら
胸の穴のように　グリっとうがたれた
うがたれて　その中を道を失った風がビュービュー吹きぬける
あのアスファルト道路のほかに何が残ったのだろうか
最後の歯を食いしばれないことが恥ずかしく
道はあんなに　パッと開けたアスファルト道路だ

もう誰もいなくて　真っ暗のアスファルト道路に残り
矢のように私の前を過ぎてゆく　あの速度を見よ
見よ　ひとりで行こうが　みんなで行こうが
私たちをやたら押しつける　この屈強な力をどうしろと言うのか
こうして生き残ったことがとても恥ずかしく
道はあんなにアスファルト道路だ
ぐしゃっと潰された
なあ　おい　どうして黙っているんだ
どうして黙っているんだ　体に気をつけろ　女房は元気か
誰かが公衆電話のボックスにそのまま置いていった
まだ叫び　叫んでいる声
命をかけて生きてこられなかったことが恥ずかしく
道はあんなに　あんなにアスファルト道路だ

消すことのできない歌
――4・19二十一周年記念詩

突然　狂ったように
突きあげる名前たちがある
雨の中で　道路の上で
全身が濡れたまま
呼んでも　呼んでも応えがなかった頃
あらゆるものは　愛だと言った
あらゆるものは　死だと言った
あらゆるものは　復活だと言った
呼んでも　叫んでも
それは思いだせない　すでに昔のこと
しかし突然　ある日　急に
狂ったように　私の胸に火をつける
懐かしさがある　雨の中でもボウボウ燃えあがる

胸にこみあがる名前たちがある
彼らは喊声となって燃える
燃える　燃える　燃える　燃える
消えうせてしまった
彼らの歌はまだある
彼の情熱はまだある
君の涙の光に　熱さがこみあげる喉びこに

手紙

オモニ
この手紙が血で汚れていることを許してください
銃弾にあたり　野原や砂漠や高い山脈で倒れた
同志たちの血をつけ　木の枝でこの手紙を書いています
ちょっと前に息絶えた若者の屍が私のそばに横たわっています

苦痛と恥辱と憤怒で耐えていた必死の生が
やっと立ちあがり　倒れる最期を前にして
肉体の生涯の偉大な終末である屍の横で
私は一握りしか残っていない命でこうして書いています
この地上での最後を目の前にしている私の視野の中で
いまや樹も草も虫も　すべて一つの体のように
体温がまだ残っている体　四肢を引き裂かれた屍さえも
みんな凄惨な美しさに見えます
そうです　オモニ
オモニは懐かしい故郷ですが
いまや未来にむかう闘いの入り口で
待っていらっしゃらなければなりません
怒らした眼で
死んでゆく私の視野の中でも見えます
血に凝りかたまった未来の姿が　命が果てるほど
力を尽くすほど　美しいその姿が

かすかでも　とてもよく見えます
許してください　この手紙を
この手紙の色を　この手紙の乱れた文字を
この手紙の鼻を刺す血なまぐささを
そして　ボツボツと染みた涙の跡も許してください　オモニ

暗闇を明るくするために

暗闇に暮らす俺の手は
暗闇に溶けてしまった
夜露に　顔に
俺は手をこする
それでも俺の手の皺　手の爪の中で
暗闇の回廊は消えない
この夜　眠られぬ路地　行き止まりで

おまえの暗闇　俺の暗闇に身を震わせている
君よ　君よ
暗闇に濡れる俺の手　俺の腕の最後に残った温もりで

俺はおまえを呼ぶ
力にまかせて　おまえを呼ぶ
いつか　明るい夜明けが掌のように近づいてくれば

おまえに駆けていこうか
駆けてゆき　おまえの夜明けとなり
明るく抱かれようか
まだ暗闇に体をすりへらしている
君よ　君よ

序詩——統一のために

世の中には　はなはだつまらぬ事由が粉々に砕け
会っていますか　あの空の騒々しい輝きだけで
世の中には　はなはだ多い焦燥が流れこみ
別れてこぼれていますか　波　泡　むかつく身ぶりだけで
しかし　私たちが汗臭い足を踏みしめて生きるこの地では
待つことで痛む足の指が
頑丈な労働の手の指を包み　ひとところに交わり
生臭い臭いに濡れた希望をうたう日が来るでしょう
しかし　私たちが血塗られた足をつっぱって闘うこの地では
暗い茂みの中で　あなたの白い歯が唸ることでしょう
その時にも　あなたの瞳には水気が
その時にも　私たちが生きるこの塹壕の都市には
まだ消えないいくつかの窓があるはずでしょう
暗闇はあなたの背中を突き刺し

暗闇が突きだす握手の重さは　本当に甘く重いことでしょう
しかし　私たちが畑を耕し　種を蒔き
本当に私たちが痛む体の傷ついた一部とみなして生きる　この地では
見捨てられた悲しみが人の山を築き
散らばっていたものを集めることでしょう
本当に　本当に
明るい真昼は華麗ではありません
本当の邂逅の喜びは
涙と　鼻水と　血と　汗の海です
私たちが真っ二つに切れた体で生きる　この地では
私たちが真っ二つに切れた精神で生きる　この地では
私たちは　一刻も早く　土をみならって統一しなくてはなりません

世の中

愛が生産でありえ　闘争でありえ　喜びでありえ
復讐心でありえ　収穫でありえ　汗まみれの花こそ血塗られた
実でありえる世の中　所有欲でなく　共同体である世の中　強奪
蹂躙ではなく　愛としてのみ可能な喜びの世の中　肉体の束縛
から解放された世の中　その野原は血が流れて腐り　とどこおって腐り
そして大地が豊かな生命を育むところ　わけあって食べ　ともに
闘い　体の臭いが露の土の臭いとまざり　ともに働き　鼻を
刺す香り　青臭くわきたつところ　死と生が互いに和解し
ふたたび闘い　不足なところのない国を守るために　手足を
切られ　命さえ失い　この地を去ることが心の中でも
悲しいが　まったく顔なじみの祝福こそ永遠の生である地　平和だが
忍耐の緊張　パンパンに突きあがり　筋肉の筋を震わせる
大地の死の記憶さえ　生を深く太らせる村　革命
解放闘争と豊かさが一体となった農民軍の都市村の建設と

稲穂の野原にともに親友が前進する村の建設の
突きあがりと　稲穂のおじぎが美しさを揺れ動かす村
仲睦まじく生きるが　断固とした意志の村　またふたたび
血なまぐさい外勢の
侵略がきても　解放された弱小民族の村と村の連帯を
つくりあげることが永遠に肝に銘じる道　死ぬことだけが
永遠に生きる道　進もう　叫ぶ村　愛することだけが
血塗られた命を永遠に美しくさせる道であり　真理であり
宿命でもある村の闘争の中で　苦しみもなく　美しさも
妻と娘たちも被害者ではなく　武器である村は美しい
生産の血　闘争の血　殺気だった月経の血までも母性本能
美しさの肉と血を味わうことができる世の中　野原に夕立
杖刑の台に降りしきる時　ほの白い霧の野原　恵みの雨
怖れることなく　痛みもなく　受けいれる稲穂のように　その中に
その誕生と　血まみれの露と殺気の中に　頭(こうべ)を垂れて立つ
ひらめく清らかな復讐心のように　美しさも希望であり　救援であり

力になる村　無慈悲な歳月の中で正々堂々と
歳をとる村　義憤の死は永遠の生であり　日々の生が
すなわち死を準備することだから　日々の闘いが集まり　その
最後が愛と闘いの集積であり　永遠の安息であり　永遠の
生だから　俺たちの愛と闘いが俺たちの生涯に終わるのではないから
美しさの歳がある世の中　美しさの
無残な皺がある世の中　ついに死との闘いと
愛が　飯のための愛と闘いが外勢の侵略の海辺を
守らねばならぬ共同体の干潟　海辺でついに　ついに
労働が闘争であり　闘争が労働である世の中　血まみれの旗として
はためく平和のように　拍手で波打つ手鎌踊り（ホミチュム）のように
解放闘争をつうじて　その上で震える救援の意志で
解放された残酷に美しい世の中
熾烈に寛容な世の中　ああ　ついに来るべき俺たちの
世の中

韓国で「詩の時代」と呼ばれる一九八〇年代に登場した多くの詩人たちの中でも、金正煥(キム・ジョンファン)は大いに特異な位置を占めている。八〇年の『創作と批評』夏号に六篇の詩を発表してから詩人として認められた彼の創作活動は、以後数年の間に、驚異的な精力で進められ、たちまち若き詩人たちの中心的な存在になり、「実践文学運動」の若き旗手として、そしてもっとも骨太い「解放詩人」の一人として数えられるまでになった。

五四年に生まれた金正煥は、光州民衆闘争の洗礼をまともに受けた世代である。「光州世代」の詩人の中でも、彼の戦闘性と精力さはとくに目をひく。詩集だけでも『消すことのできない歌』(八二年)、『黄色のイエス伝』(八三年)、『黄色のイエス伝2』(八四年)、『解放序詩』(八五年)と毎年のように上梓し、自伝的な長篇連作詩『回復期』も書き、評論活動もしている。この爆発的なエネルギーの根源はどこにあるのか。

「惨憺たる絶望の中にのみ切実な希望が、真の死があってのみ胸打つ決起がなされるという、小さいが辛い真理を私はまだ放棄することができない」(詩集『消すことのできない歌』後記より)

「飯としての文化と、武器としての文化について、そしてその二つの相互葛藤や相乗的な出会いが、まさしく文化運動であることについて、とにかくここに載せられた拙劣な詩がなくても、そしてあっても、関係なく歴史は進歩するだろう。その進歩のために私は書いており、また書いていくだろう。書く必要がなくなっても、書けなくなるその日まで」（詩集『解放序詩』後記より）

七〇年代、ソウル大学の英文科に学んだ彼はシェイクスピアに没頭し、酒に溺れ、卒業後は監獄生活、軍隊生活を体験しながら、社会の不条理に頑強な抵抗を試みていく。その過程で、「ロマンと血気を美徳してきたモダニストは初めて歴史に出会い、苦しむ隣人に出会った」（金慶淵（キム・ギョンヨン））。そして「光州」。彼の長年の鬱積した絶望と怒りは一気に爆発し、燃えあがった。「命をかけて生きてこられなかったことが恥ずかしく／中略／こうして生き残ったことが恥ずかしく」（「道喪失」より）という切実な後悔が、詩を書くことに強烈に彼を追いやったのである。

何故、詩を書くのか。書きたいから、書かねばならぬ衝動や感動や感情の噴出があるから書くのである。自分の詩がなかろうと、人びとは生き、歴史は進む。詩は生活の必需物として存在しはしない。しかし、何故書くのか。歴史を進めるわずかな力になりえたら、民衆の恨を少しでも晴らすことができたら、愛を少しでも育むことができたらと願うからだ。これはあくまで自己内部の問題ではあるが、活字となった、あるいは朗読された詩は詩人から離れて独り歩きし、「消すことのできない歌」となって、飯にも武器にもなりうる可能性を内包している。

金正煥は書くということの基本姿勢を明確にもち、書いているのではあるが、彼の詩は民衆に容易く受けいれられる詩ではない。「涙」「愛」「恨」「悲しみ」「憤怒」「燃える」「熱い」「狂ったように」「叫ぶ」「死」「復活」「懐かしさ」などの詩語を多用し、民衆的なテーマをうたい、けっして難解な詩ではないにもかかわらず、「遊撃的感受性」を過激に動員し、何ものにも束縛されず、暴れまわるイメージと発想の奔放さは、時として読む者を置き去りにしてゆく。荒馬がその溢れだすエネルギーに耐えかねて、調教師を振り落とすように、彼は既存の形式や捉え方を無視し、自由奔放に走りまわる。その過程で、使い古された言葉たちは本来の野性味を取り戻したり、新しい意味の産声をあげたりする。

「たぶん、金正煥のように過激な情熱で、民衆が主人となる世界を願いながら、詩を書く詩人もそういないだろう。半面、そんな意識をもった詩人の中で、金正煥のように反民衆的な修辞法や詩語を楽しんで選択する詩人もいないだろう」(金明仁(キム・ミョンイン))

金正煥はソウルで生まれ育ち、生きている都会人であり、知識人である。彼の詩はかなり観念的であり、独善的でもある。しかし、反民衆的な情緒ではうたわない。「自己存在の独特な基盤を根拠にして、歴史の中での自己解放に奮闘しており、それは同時に十分、この地の民衆解放のための奮闘になっている」（金明仁）としても、過大評価ではあるまい。

他の詩集に『冬の松の木』『尊き縄跳び』などがあり、八八年には自伝的小説『世の中へ』を上梓している。

11　趙泰一（チョ・テイル）——真の悲しみを知る者だけが知る喜びと情愛

あてどなく

絶望をうたうために
今日の蔑視をうけるために
すべてから自由であるために
旅立とう　きっぱり旅立とう

暴力から旅立とう
言葉の横暴から旅立とう
約束から
家庭から　家風から旅立とう

偽りの経済から　偽りの学問から
偽りの技巧から
偽りの文学から旅立とう

旅立ち　ささやこう
声があつまり　声を生み
絶望があつまり　絶望を生み
蔑視があつまり　蔑視を生みながら
裸でころびまわろう
裸と裸どうし交わろう
声があつまり　政治を生み
絶望があつまり　愛を生み
蔑視があつまり　邂逅を生む時まで

夢の中で

険悪な　それが
見えるから　見えなくなるまで
伸びていく　それが
見えるから　見えなくなるまで
蹴り　追いつめ　ひねりつぶす
夢路ごとやってくる　私の大地の上に
こりかたまってしまった
分界線を蹴散らす
休戦線をひねりつぶす

その逞しい岩のかたまりが見えるから
足の指が痛くとも
ああ　足蹴にされようと
見えるから　見えなくなるまで

蹴り　追いつめ　ひねりつぶしてしまう
漢江（ハンガン）で足を洗い
鴨緑江（アムノクカン）で足を洗い

［訳注］・分界線　南北を分かつ三八度線。
・漢江　太白（テベク）山脈から西海に注ぐ河で、ソウル市内を流れる。

オモニ

十七で嫁ぎ
七人の子を産み
三十七の時
夫を自分の手で土に埋めたあと
二十年の間
風呂敷包（ポタリ）みを頭にのせ

以南の地　町という町を
自分の手の皺のような忍耐で歩きまわり
知らない所がない人

六十の峠を越えても
子どもらがどうやって暮らしているか
昔とった杵柄　やっとこさ思いだし
散らばった子どもらを訪ね
津々浦々を歩きまわる人

オモニも分からないことを書きちらして
どこに出すんだい　カネはくれるのかい
詩なんて腹の足しにゃあならないだろうに　と叱りつけ
背中をむけて　遠くなった目をこすりながら
皺くちゃの手で

孫の鼻を拭いてあげる人

波のように

突き進んでもどされ　突き進んで砕けようとも
歌の上で　喊声の上で　揺れながら
唖として　唖として　そこに座りこみ
横たわろうとも　横たわろうとも

突き進んで火がつき　突き進んで燃えあがろうとも
みんな　みんな　突き進んで　一握の灰として飛び散り
墓の上に　墓の上に　舞い降り
眠ろうとも　眠ろうとも

その日の墓は　その日の世の中は

ひとりで　ひとりで明るくし　波打つように　波打つように
蘇るだろうから　蘇るだろうから

四月よ　押し寄せてくれ
墓よ　押し寄せてくれ
ふたたび突き進んで墓になり

ふたたび戻って　墓になり
ついに戻って　静かな墓として
横たわろうとも　横たわろうとも

燃える胸で

どうして
襤褸をまとった私たちの愛はこんなに遅いのか

どうして黒雲は
ある世代をそんなにも暗くするのか

燃える胸で
眼をあければ
夜空はすっかり火の海

燃える胸で
眼をとじれば
体は煮えたつ火の壺

燃える胸で
道をゆけば
アスファルトの上でも
新芽が芽吹くように
忘れられたすべてのもの

悲惨に芽吹き

片隅に　片隅に
追いやられた者たち
翼をばたつかせ　突きあがり
冬の間　震え　不安になり
それでもまっすぐ　この地の奥深く
根をおろす者たち

燃える胸でさわれば
いつの間にか　それらも春を咲かせるのか
愛よ　すべての者の愛よ
燃える懐かしさよ　燃える懐かしさよ

憤怒する音たち

音たちが憤怒する
冬になると
騒がしかった旗という旗がおろされ
翻っていた　その音だけが
世の中いっぱいにさまよい　憤怒する

吹雪く勢いで
切り裂く暴風で
裸の樹の枝に巻きつき

青い空が懐かしく突きあがり
優しい雪として降りしきり
樹の枝に
休戦のように

墓のように座る

座って沈黙で沈黙を聞く
音で音を聞く
孤独に震えている
樹の枝をなでながら
内から芽生えてくる音
はためく旗の音を聞く

私たちの体内いっぱいに湧きあがる
愛の音
その音を憤怒しながら聞く

隣人の眠りのために

私の隣人の眠りのために
家族の安らかな夢のために
空まで突きあがってみようか
この声に堪えかねて　突きあがってみようか
四十年の人生を　血まみれの声で消してしまおうか

ひねもす　私を支配していた
汚れきったこの身をひきずって
屋上にあがり
月と星を見あげる

暗闇の中でだけ輝き
酒に酔った頭の上で
煌(きら)めく光のかたまりを眺めながら

両足を踏み鳴らす
全身を震わせる
嗄れた声で呼んでみる

小さかった頃の戦争ごっこ
オモチャの銃をさげ　兵隊を率いて
小川を渡り　野原を横ぎり
仮想の敵の部落を占領し
屋根にのぼり　占領された部落を見たっけ
空を見あげ
兵隊たちの喊声を聞いたっけ
そして　有頂天の顔たちを見たっけ

私は屋上にあがり
四十年の人生の言葉をすっかり吐きだし
空に突きあがり

五千万の手を摑もう
五千万の胸と出会おう
息づまる隣人の眠りのために
悲しむ家族の夢のために

異常な季節

肉を煮て　心までぐつぐつ煮る夏なのに
雪が降ります　吹雪が吹きます
歳月が狂い　人間が見たくて狂い
自分の行く道を探せなかったのか
雪が降ります　吹雪が吹きます

去年の春　葉が青々と育ち　落葉したところに
花房が咲きあがりました

去年の冬　花房が咲きあがったところに
葉も芽生えずに　雪の花が咲きあがりました
去年の秋　先に実がなって落ちたところに
花房がほとばしりでました

緑陰と花房がかわって咲きあがりました
果実と花房がかわって咲きあがりました

寝床に寝ても　眼をあけて眠り
道を歩きながら　眼をとじます
夏なのに　雪が降ります
吹雪が吹きます
狂った季節にべたべたくっついて
私たちが生きるのは　すべて風刺です

私の言葉の行方

私から去った言葉たちは
今　どこを放浪しているか。さまよっているか。
悲しみや　怒りや　喜びや　愛で
ごちゃまぜになったまま　うまく前も見られず
去っていった順に言葉たちは　今
どこで誰と会っているのだろう。

嵐と会っているのか。
飢えと会っているのか。
解放や奴隷と会っているのか。
私の内ではそれほど自由な叫びだったものが。

子どもに会えば　子どもになり
大人に会えば　大人になり

嵐に会えば　嵐になるが
暗闇に会えば　先を争って光になっていた霊魂だったものが。

おまえは　ふたたび戻り
私の胸と出会い　鈴なりになって
このようにせがむのか
こんなに曇って暗い日に。

趙泰一(チョ・テイル)の詩を声に出して読んでいると、背筋にゾクゾクっと電流が走る。何故か、涙が溢れてきそうになる。けっして、ひ弱な詩語を連ねているわけではない。かえって激しい言葉を選んでいる。どちらかと言うと強い詩なのに、これはどうしたことだろう。「波のように」などは読んでいるうちに、あたかも自分が波に乗り、揺れながら、そして打ち砕かれるような衝撃に襲われる。海底から生まれてくる波は、深い悲しみのうねりでありながら燃えており、燃えていながら涙を誘う。それは砕けることも、墓になることも辞さない、詩人の自虐的で、ひたむきな生きる姿勢のためであろうか。

仏文学者の金華栄(キム・ファヨン)は「趙泰一はまれな――アイロニカルにも――涙の詩人だ。『一粒の涙』で言葉を『倒す』才能は、手の才能ではなく、魂の力である」と言う。真の悲しみを知る者だけが、真の喜びを知ることができる。そして、真の怒りをも。趙泰一の詩の呼ぶ涙が、ただの悲しみからでないことは、数篇の詩を読んだだけでも、すぐ知ることができる。沈黙で沈黙を聞ける者は、愛の音を憤怒の音として聞くことができる。隣人の眠りのために、自分の全存在を否定しうる者は、真の愛と、真の平和が何であるかを知っている。

頑強な抵抗精神と、不条理を許さぬ正義感が露わな詩でありながら、何と誠実で、情愛に溢れた詩であろう。ごつごつの太い指と、陽に焼けた顔。労働者か農民と見間違うような、実直な風貌。人柄そのままに、彼の詩は華麗でも、うまくもないが、感動的なインパクトの強い詩である。

ところで、彼の誠実さと、隣人を思いやる心はどこから生まれたのだろうか。「オモニ」からも察せられるように、生い立ちももちろん影響を与えていよう。母をうたった詩は数多いが、これは小説のように、具体的にそのままの母親を描写している。短い詩ながら、この母親の姿がくっきりと目に浮かんでくる。母の中に「敵」も「民衆の旗」も見ているわけではない。ただ母そのままを、民衆の一人のままを描き、そして読む者の目頭を熱くさせる。この暖かい視線は、何よりも彼の置かれた社会的状況が養ったものと言えよう。

一九四一年に全羅南道谷城（コクソン）で生まれた趙泰一は、六〇年の「4・19学生革命」の時に、二〇歳前後のもっとも感性の鋭敏な青年で、この世代をいわゆる「4・19世代」と言い、詩人では金芝河、金準泰、申庚林、崔夏林（チェ・ハリム）、李盛夫（イ・ソンブ）ら錚々たる顔ぶれがいる。同世代の若者がそうであったように、趙泰一にとっても4・19は素晴らしい原体験であり、人生を決めるエポックメーキングであった。独裁政権を倒したという栄光と誇り、しかし血の闘いの果実をむざむざ別の独裁者に奪われたという挫折感と敗北感。この相反する感情を内包したまま、「4・19世代」は「未完の革命」を成就させるための長い長い道を歩みだすのである。

「どうして黒雲は／ある世代をそんなにも暗くするのか」（「燃える胸で」より）という心の痛みが、詩の根底に流れている。それは、歳月が流れれば流れるほど切実になる。そしてそれは、「四十年の人生を血まみれの声で消してしまおうか」（「隣人の眠りのために」より）という悔恨や、自己否定にまで達する深刻なものだ。しかし、そこに止まらず、彼は民衆への愛をもって、民衆の願うところをうたう。

初期詩篇では、青春の苦悩や良心の葛藤を突きつめていたが、詩集『朝の船舶』（六五年）、『包丁論』（七〇年）を経て、七五年に連作詩集『国土』を上梓する。この詩集で、彼は不条理と鋭く対峙する、抵抗の姿勢を明確に自分のものとした。この詩集は発禁処分となり、その後、五年間、日の目を見ることはなかった。

彼の仕事は詩の創作に止まることなく、六九年には二八歳で月刊詩誌『詩人』を創刊して主宰を務め、詩壇に大きな衝撃を与えた。この雑誌から金芝河や金準泰が巣立っていることを考える時、彼の果たした役割は大きかったと言えよう。さらに、七四年には「自由実践文人協議会」の幹事となり、「文学の自由」や「苦しむ作家」のために闘い、七八年に梁性佑(ヤン・ソンウ)の詩集『冬の共和国』を発刊したために獄につながれたこともある。その仕事は、民衆詩人と呼ぶにふさわしい、闘いの日々になされた。つまり、こういう社会的状況が課した詩人の責任を彼は誰よりも深く受けとめ、その具現のために自分を追いつめたことによって、民衆愛に溢れた視点を確保したのだと言える。

八〇年には詩論集『滞っている詩と動く詩』を、八三年には久々の詩集『可居島(カゴド)』を出した。ここに紹介した詩の多くは、この詩集から訳出したものである。『国土』で確立した視点をさらに深めていることが読みとれる。技巧主義を批判し、排除する彼の詩は、さらに素朴なものとなり、日常使われている言葉を反復しながら、民族的リズムに乗せて、おおらかにうたっている。民衆的感性と民衆的言語の結合を完成させたと言うべきか。「あてどなく」の最終連などは、使い古された言葉を何と言うこともなく結合させているのに、圧倒的な感動を与える。趙泰一の真骨頂の爆発と言えよう。

九四年に光州大学校芸術大学の初代学長を務めるが、五年後に肺癌で亡くなった。享年五八。あまりにも早い死であったが、彼は民衆詩人として最期まで信念を貫いて、見事に生きぬいた。生まれ故郷に彼の詩文学記念館がある。日本語訳書には一九八〇年に梨花書房から姜舜訳で刊行された現代韓国詩選『国土・他』がある。

12　文益煥（ムン・イクファン）――生と死を超越した南北統一へのロマン

私たちは行く

燃える胸
北上する紅葉について
私たちは行く
身を投じて
休戦線を燃やし　北上する
紅葉について
私たちは行く
山河という山河の
血の涙をかぶり

北上する紅葉について
私たちは行く
鉄条網を越え　地雷原を過ぎ
むせびながら　北上する
紅葉について　私たちは行く
この胸に機関銃を狙い
揺れる目つき
同胞(はらから)に会いに行く
解き放った赤い胸ひとつで
私たちは行く
私たちは行かなければならない
死んでも行かなければならない
死んでも行かなければならない

何故　今まで知らなかったのでしょう

死んだところで　何もなるものではないということを
腐ってこそ土になるということを
何故　今まで知らなかったのでしょう
すっかり腐ってこそ　土になるということを
死んで埋められたい　土になるということを
手の爪　足の爪　頭髪まですっかり腐ってこそ
痕跡もなくすっかり腐ってこそ
すっかり土になるということを
腐ってあなたの柔らかい肉になれるということを
黙って春風として胸にふれて溶ける
涙ぐましいだけの心　あなたの
体になるということを　あなたの体の温もり　あなたの息遣い
あなたの脈拍になるということを
酷寒にどんなに晒されようと

三、四尺下には熱い血が流れる
祖国になるということを
その時　初めてあなたの切実な願いは濡れて
枝ごとに新芽が芽生えるということを
芽生えて育つということを
育って花が咲き　実が結ぶということを
太白山(テベクサン)の山並みに鬱蒼とした森
村里ごと　流れる小川の水の歌にあわせ
抱きあい　頬をすりあわせ　涙をこぼし
踊りをおどるようになることを
何故　今まで知らなかったのでしょう
腐っても堆肥に埋もれて腐ってこそ
なめらかな土になるということを
土の民主主義が大地の中に広がっていくということを
農夫らの糞尿は
子どもらの糞尿とまぜれば最高です

牛の糞や犬の糞は誰が何と言っても立派なものです
淋病や梅毒菌がうごめく娼婦らの糞尿は
私たちのような黒い水の糞尿より　はるかによく腐るものです
身分の高い者たちの糞尿は　初めから混ざることもできない
しっかりとして誇らしい堆肥　堆肥
堆肥に埋もれて　汚く腐ってこそ
おまえの糞　私の糞とは言わない
自主をめざす民族の土になるということを
民主的な土がとてもよくできるということを
毎朝　東海(トンヘ)の海から陸のようにぐいとそびえ立つ
歴史の力になることを

［訳注］・太白山　朝鮮半島東部の山。
・東海　朝鮮半島の東側にある海。日本では日本海と言う。

全泰壱（チョン・テイル）

韓国の空よ
そなたの名は何と言うのか
私の名は全泰壱
韓国の山よ　河よ　草原よ　村よ
そなたたちの名は何と言うのか
私たちの名は全泰壱
韓国の松よ　葛（くず）の蔓よ　山葡萄よ　猿梨の実よ
韓国の郭公よ　鳥よ　鵲（かささぎ）よ　鳩よ　雀よ
韓国のリスよ　兎よ　獐（ノロ）よ　熊よ　虎よ
そなたたちの名も全泰壱だ
白頭（ペクトゥ）　漢拏（ハルラ）から吹いてきて
休戦線で出会い　抱きしめ　転びまわる
南風よ　北風よ
東海（トンヘ）　西海（ソヘ）から吹いてきて

白い雪のおおった太白山脈（テベクサンメク）で出会い　泣き叫ぶ
東風　西風よ
そなたたちの名は何と言うのか
私たちの名前も違いがあろうか
私たちの名ももちろん全泰壱だ
深い地の中で悲しみのようにほとばしる
水しずくよ
そなたたちの名は何と言うのか
私たちの名を訊かなければ分からないのか
韓国の地からほとばしる水しずくは
全泰壱でないものはあるまい
秋には枯れ　カマドにも入れないと知りながら
春にさえなれば　希望のように涙ぐましく芽吹く
この地の草の葉よ
そなたたちの名も全泰壱なのか
そんなことは訊くまでもなく全泰壱だ

平和市場(ピョンファシジャン)の被服工場で死と闘う
ミシン工の下働き(シダ)の息遣いよ
そなたたちの名はもちろん全泰壱だろう
私たちが全泰壱でなければどうするつもりだ
どうして私たちの息遣いだけだろうか
私たちの脈拍も　やや衰えていく肌も
肺も　心臓も　足の裏の水虫も
陽の射さない部屋も　天井も　壁も　床も
きしむ階段も
糞や尿が溢れる便所も
ミシンも　ハサミも　物差しも　針も　糸も
針に刺されて血のにじむ手の指も
どれひとつ全泰壱でないものはない
私たちは生きても全泰壱
死んでも全泰壱だ
光の街に時ならぬ銃声が響きわたったあの日

学生たちの手から銃を奪って闘い
戦死した乞食たちよ
そなたたちも立派な全泰壱だった
食べ物　飲み物　あるだけみんな出して
惜しみなく分かちあい
新郎を迎える娘の胸で震えてばかりいた
小さな傷たちよ
そなたたちも清純で誇り高い全泰壱だったのか

全泰壱でないものよ　みんな消えうせろ
涙でないもの　痛みでないもの　絶望するもの
あらゆるガラクタよ
すべての嘘よ
今すぐ消えされ
山河という山河が　ひとしきり慟哭するから

[訳注]・全泰壱　一九七〇年、ソウルの平和市場の裁断士だった彼は劣悪な労働条件に抗議し、「人間は機械ではない」と叫んで焼身自殺した。彼の死が韓国における自主的な労働運動の契機となった。

・漢拏　済州島にある山。朝鮮半島の最南端にある。

大地の平和

大地は平和です
大地の心は平和です
空よりも大きな心
海よりも青い心
太陽よりも熱い心
大地の心は平和です
大地と接吻（くちづけ）して
足の裏は恥ずかしいのです

臭く　汚いもの何ひとつ拒絶せず
受けいれ　呑みこみ　咲きでる草花たち――
足の裏は羨ましいのです
弓ではありません
機関銃でも大砲でも戦車でもありません
核兵器　電子兵器が問題です
その恐るべき殺人兵器を造る手たち
そのボタンを押すことを誇りとする指たち――
足の裏は怒ります
偉大な人類の偉大な文明の陰の下で
腹がへったと泣く子どもらの泣き声――
足の裏はヒリヒリと痛みます
弓ではありません
刃でも槍でもありません
機関銃でも大砲でも戦車でもありません

核兵器でも電子兵器でもありません
平和が問題です

一にも平和　二にも平和　三にも平和です
銀河星雲の外に押しやられる平和を見て
悲しむ神さまの心です
平和を胸焦がして願う
神さまの熱い心です
大地を踏みしめて立ち
足の裏は火になります
体は立ったまま燃える供物になります

抑圧や不条理に抵抗するところから、民衆の文学は生まれる。より良き社会を作りだそうとするロマンをもった者だけが、民衆の文学を生むことができる。そのような文学者は必然的に、権力者から精神的受難はもちろん、肉体的受難まで強いられることになる。その中から、また新しい民衆文学が生まれるのであるが、金芝河に続いて文益煥（ムン・イクファン）も長い獄中生活を送らなければならなかった。

「抑圧者の側に立つ神は神ではなく、偶像である。民衆とともに苦しみ、彼らの解放のために働かれる神のみが真の神である」

「私は依然として純粋芸術論者です。純粋を懐かしむ心に少しも変わりはありません。あらゆる非純粋、塀を積みあげる色褪せた純粋ではなく、あらゆる不純なものを燃やしてしまう炎の純粋です」

こういう言葉を淡々と言う文益煥は一九一八年、中国吉林省の朝鮮に接する豆満江流域の地域である北間島(ブクカンド)で生まれ、牧師だった父の後を継ぎ、神学者の道を歩んだ。韓国神学大学、プリンストン大学大学院で神学研究に没頭していたが、その時、聖書文学に心酔し、「聖書は完全な詩」という結論を得た。そして、「詩が分からなければ聖書を十分に理解することはできない」という信念の下に詩作を始め、聖書の中の言語と意味から受けた霊感を詩に昇華させた初の詩集『こと新しい一日』を七三年に上梓した。この時、実に五五歳。

これ以降、詩人としての活発な活動も展開するのだが、これは韓国神学大学の教授、牧師としての平穏な生活の中ではなく、社会の民主化のために権力者と熾烈に闘う中でなされた。七〇年代、維新独裁体制に反対する「民主主義のための民主回復運動」の先頭に立ち、教会が民族統一と民主主義を回復するために努力すべきであり、その信念と力量を育てることが重要だと主張した。

文益煥はこのような闘争の日々の中で詩を書いてきた。詩がすなわち闘いであり、闘いがそのまま詩であった。そのために、詩語を厳選するよりは、心の赴くままに叫ぶように書くのが彼の詩のスタイルになった。他の詩集に『夢を祈る心』などがあるが、彼に詩を書かしめた背後には、二人の人物が見え隠れする。一人は張俊河（チャン・ジュナ）（一九一八〜七五年）である。彼は政治家であり、ジャーナリストであり、社会運動家でもあり、そして雑誌『思想界』を創刊して、朴政権下での言論抑圧に抵抗した人物で、文益煥の人生に大きな影響を与えた。

もう一人は、竹馬の友である尹東柱であり、尹が文益煥に大きな影響を与えたことが、「最後の詩」という作品からもうかがい知れる。

「私は死ぬ／私はこの同胞の飢えた歴史に埋もれなければならない／二つに分かれたこの地に埋められる前に／私の師は死んで生きるとおっしゃった／ああ、その言葉だけを考えよう／その言葉だけを信じよう／そして東柱のように星にうたいながら／この夜も

／死を生きよう」

若くして逝った尹東柱の死は、「東柱が書ききれなかった詩を自分が書く」と彼に固く決意させた。

「私は楽天家として生まれたようです。私は悲観することを知りません。髭まで白くなっていく歳になっても、まだ子どものような夢をよく見ます。…この同胞の顔から笑いを奪っていく黒い手が見えると、体がぶるぶる震えます。同胞の顔に笑いが戻ってくることを見られないのなら、むしろ飢えた同胞の歴史に埋もれて死にたくなるのです。同胞のすべての不幸の原因は休戦線ではないでしょうか」（詩集『夢を祈る心』より）

それゆえに、つねに生と死の問題が彼の関心事の最大のものとなる。「死んでも行かなければならない」「死を生きよう」「腐ってこそ土になるということを」などの表現が頻繁に使われ、「死への憧憬」がうたわれる。しかし、「強烈な未来のビジョン、このような自己犠牲の恍惚感の中で示される。文益煥において、その未来とは南北統一である」（金津経）という指摘のように、その「死」は現実逃避、虚無、厭世、自殺などとは真逆の位置にあるもので、「生への喜び」「生への願望」を意味する。
キリスト教的世界観から出発しながらも、「南北統一の神学」「解放神学」を唱える彼は、何ものにも束縛されない自由な魂をもち、生と死を超越して、ロマンを夢みる。そして、八九年に北朝鮮の招待を受けて、訪朝をついに実現させる。その前に書かれた長詩「寝言でない寝言」「統一は成った」では、その喜びを爆発させている。訪朝から五年後の九四年に、彼は信念を貫いたまま逝去した。七六歳の激烈な生涯であった。文益煥の死に際して、私が書いた追悼詩を最後に紹介する。

春

雪が降ります
春一番が吹いたばかりなのに
白い涙のように　雪が降ります

あなたが北の国に行って抱擁した日

もう統一はなったのだと確信した日
死は私のニム（あなた）　死を生きよう　と叫んだ日
すっかり腐ってこそ土になるということを
つぶやいた　その日はすべて
春の呼び声だったのでしょう

あなたが跪いて祈った幾千の願い
あなたが喉ふるわせた幾千のうた
あなたが血を流して歩いた道という道
あなたが私たちに与えた幾千の微笑

そこまで来ている春を待たずに
あなたが逝った土にも雪がつもります
白い涙のようにつもります
でも　あなたはきっと白い土の中で
いつものように微笑んでいることでしょう

死は詩　詩は死　死は生への喜び
ひとつの土となって生きるのだ　と
春はもう来ているのだ　と
私は春に蘇るから　と

解説 「灼けつく渇き」と「火花のような愛の言語」を検証する人

趙南哲『評伝　金芝河とは何者だったのか――韓国現代詩に見る生』に寄せて

鈴木比佐雄

（1）

趙南哲（チョ・ナムチョル）氏が『評伝　金芝河（キム・ジハ）とは何者だったのか――韓国現代詩に見る生』を刊行した。すでに今年の二〇二三年八月に詩集と散文『生きる死の果てに』を趙氏は世に問うていたが、それからまだ半年も経っていない。ウクライナの悲劇を、かつての日本が朝鮮半島を植民地支配した時の同胞の苦難と重ねながら、事実に即してウクライナ国民の民族独立の不屈な行為を支援する連作二十四篇を書き上げたのだった。また趙氏は広島に生まれ育ち、朝鮮部落で暮らした家族や被爆者を含めた部落の人びとの逞しい生き方や在日の詩人・文学者たちについて詩・エッセイ・評論で記したのだった。

『生きる死の果てに』のウクライナ戦争の連作はロシアの侵略が始まった二〇二二年の翌年の初め頃から、詩作を開始して二〇二三年初夏には書き終えた。今回の『評伝　金芝河とは何者だったのか――韓国現代詩に見る生』の出版に関しては、二〇二二年五月に金芝河が亡くなったことが、一つのきっかけになったことは確かだ。しかし本書の内容を読んでみると、金芝河という存在は、一九七〇年代の学生時代に詩と散文に触れ始めた趙氏にとって、自らを詩文学・評論の世界に誘ってくれた最も重要な詩人・文学者であったことが明らかになってくる。趙氏は半世紀もの時間を掛けて金芝河に関心を持ち続け、今回の評伝を執筆していたことになるのかも知れない。

本書は二章から成り立ち、第一章『風刺詩人から「生命思想家」への変身』はⅠ～Ⅳに分かれる。評伝の中心はⅠ「金芝河の生涯と作品」であり、その中身は1～6に分かれているので、詳しく紹介していきたい。

(2)

1「夭折した尹東柱（ユン・ドンジュ）と夭折しなかった金芝河」では、夭折した詩人・文学者たち、例えば石川啄木、立原道造、宮沢賢治、中原中也、ラディゲ、キーツ、ランボー、尹東柱などを紹介して、夭折ゆえに若き純粋な詩的精神が後世の人びとに愛され続けていることを指摘している。特に尹東柱の詩は、同志社大学などで幾つもの詩碑が建立された日本を始め世界の人びとからも愛され続けている。それに反して戦後の民主化運動に多大な貢献をし八十一歳まで生きた金芝河は、なぜか死後も反響が少なく、すでに忘れ去られているのは、なぜなのかと趙氏は問うている。それは金芝河が夭折しなかったことで、晩年の生き方が前半生の生き方を否定したからだと考えている。

2「金芝河の人生を振り返る」では、趙南哲氏は金芝河の全生涯を辿り始める。この2によって読者たちは、「金芝河とは何者であったのか」を大まかに知ることができよう。一九四一年に全羅南道木浦市（チョンラナムドモクポシ）で生まれた金芝河は、一九五〇年に九歳で朝鮮戦争に遭遇し、後に映写技師となった父と家族と逃げ惑ったようだ。ソウル大学に入学した翌年の一九六〇年には李承晩（イ・スンマン）大統領の不正選挙を告発したデモの「4・19（サ・イルグ）学生革命」に参加していたと言われていたが、晩年にはこのデモには参加していないと「告白」で自らの略歴の偽りを否定している。一九六一年に「行こう北へ！　来たれ南へ！　会おう板門店（南北軍事境界線にある会談場）で！」のスローガンを掲げてデモ行進を行なう重要な役割を金芝河は担った。その後に「朴正煕ら国軍の将軍らが軍事クーデターを起こし」たことにより、「金芝河は指名手配され、潜伏生活を送ることになる。彼は港湾労働者、炭鉱夫などをして働くが、体をこわして肺結核を患うようになる」。金芝河は二十歳の頃に指名手配され、一人の労働者として労働現場で苦労して肺結核となったことで、社会のどん底で生きる人びとの一人として自らの存在を自覚していったことが趙氏の記述から読み取れる。その後も一九六五年の「日韓基本条約」に反対するデモなどで金芝河は、逮捕、投獄、釈放を繰り返していく。その間、一九六三年に「木浦（モクポ）文学」に初めての詩「夕暮れの物語」を発表し、詩人の道を歩み始める。一九六六年にソウル大学を卒業し炭鉱で働くが、肺結核が悪化し一年間の療養生活をする。趙氏の評伝の中でも一九七〇年、一九七一年の二十歳代後半から三十歳初めの二年間に金芝河の第一詩集『黄土』や代表作である長編譚詩「五賊」が発表されていることは、朝鮮半島の民衆の魂を金芝河が代弁して書いたことを物語っている。その二年間についての記述を引用したい。

《七〇年、五月に総合雑誌『思想界』に長編譚詩「五賊」を発表したが、この作品が「北朝鮮の宣伝活動に同調したもの」という「反共法」違反で同誌発行人、編集者らとともに逮捕される（いわゆる「五賊筆禍事件」）。七月、評論「風刺か自殺か」を『詩人』六・七月号に発表。一一月、「抗日民族学校」で「民族のうた、民衆のうた」の講義を行なう。一二月、初めての詩集『黄土』がソウルのハンオル文庫から刊行される。／七一年、三島由紀夫の自殺の本質をついた詩「アジュッカリ神風」を月刊誌『タリ』三月号に発表。カトリック原州(ウォンジュ)教会の池学淳(チ・ハクシン)主教を訪ね、同教会が主導する農村協同運動の企画委員として勤めはじめ、洗礼を受ける。六月、「民主守護宣言大会」に参加し、宣言文に署名する。（略）》

一九七〇年には韓国で長編譚詩「五賊」を執筆した金芝河と発行した雑誌社の発行人と編集者たちは逮捕され、「五賊」は発禁処分となったが、民衆は留飲を下げたのではないかと趙氏は記している。この翌年には金芝河は「カトリック原州教会の池学淳主教を訪ね、同教会が主導する農村協同運動の企画委員として勤めはじめ、洗礼を受ける」ことになり、クリスチャンの詩人・作家で「農村協同運動」や韓国に民主化運動を推進していく活動家になっていく。趙氏によると一九七一年には『長い時間の彼方に』が渋谷仙太郎（本名坂本孝夫）訳、中央公論社の宮田毬栄編集で刊行された。その後、本格的に出版されたのは一九七四年からで、日本で『金芝河詩集』や『金芝河全集』が一九七四年以降に続々と刊行されて、趙氏はこの時期だけでも十三種類の全集や単行本を挙げている。ある種の「金芝河ブーム」が起こっていたようだ。私もその頃に大学に入り、金芝河の『金芝河詩集』や『民衆の声』などを購入して読んでいた。その時のことは生々しく記憶している。「五賊」のもともとの意味は《一九〇五年、日本に朝鮮の実権を渡し、国を売り飛ばす「乙巳(ウルサ)保護条約」（第二次韓日協約）に調印した五人の大臣を指し、朝鮮の民衆は彼らを「乙巳五賊(ウルサオジョク)」「売国奴」と呼んで唾を吐きかける》そうだ。それを「一九七〇年代の現代版五賊（財閥、国会議員、高級公務員、将星、長・次官）の形象化」を構想化して長編詩の中で表現したのだった。そんな「五賊」から受けた激しい権力者たちが私益を貪るさまを批判する朝鮮の民衆の怒りが、大地から湧きあがるような伝統的な詩歌のリズム感に促された言葉のエネルギーに圧倒された。正直に言えば当時は私も趙氏と同じように金芝河に民衆を代弁する天才的な詩人であると直観したことは確かだった。このような「五賊」を執筆した金芝河はまさしく民衆の抵抗の精神に火をつけた人物として権力者たちに最も恐れられることは予測できた。それ故に「五賊筆禍事件」で、著者やそれを発行した出版社の経営者・編集者たちを獄中に追いやった朴政権は、民衆の支持が彼らの側にあることを心底恐れて、著者に軍法会議で死刑を宣告し、出版社を廃業にまでさせたのだと考えられる。そのような事件の発端を作った金芝河の存在について、私だけでなく多くの日本人は強い関心をもってその動向や作品を注視していた。趙氏の一九七四年から一九七五年の記述を引用する。

《七四年、朴政権は改憲運動を最高懲役一五年で処断する大統領緊急措置を発布。これを受けて地下に潜行。同措置は最高刑を死刑に変えた。朴政権がでっちあげた「民青学連事件」の首謀者の一人として指名手配される。長男が誕生した後、逮捕され、非常普通軍法会議で死刑を宣告されたが、一週間後に無期に減刑される。

七五年、「刑執行停止」で釈放され、獄中の体験を書いた散文詩「苦行……一九七四」を発表して、「人民革命党関連者」への残虐な拷問の実態を暴露したが、また「反共法」違反で逮捕、拘禁される。（略）朴政権は金芝河を元の無期懲役囚としてソウル拘置所に収監する。》

一九七四年に金芝河は、「民青学連事件」の首謀者の一人として指名手配され、朴政権によって死刑を宣告されるが、無期に減刑され、無期懲役囚としてソウル拘置所に収監されてしまう。当時の新聞・テレビなどのメディアでもこの金芝河を死刑・無期刑にするニュースは、かなり頻繁に流れていた。一九七六年には「ジャン＝ポール・サルトルやノーム・チョムスキー、シモーヌ・ド・ボーヴォワール、大江健三郎らによる国際的な金芝河釈放を要求する声が沸き起こる」という事態にまで発展していった。私も当時の新聞やテレビの報道の記憶は残っていて、金芝河の白い囚人服を着せられ縛られてはいるが、毅然とした立ち振る舞いは、民主化運動のシンボルのような自信に満ち溢れているようにも感じられた。一九七九年の朴大統領の暗殺があった後に、軍人出身の全斗煥（チョン・ドゥファン）大統領は民主化運動を弾圧するために「光州事件」を引き起こしていく。金芝河は一九八〇年の暮れに三十六歳で釈放される。このことについて趙氏は「その金芝河釈放に大きく貢献したのは、日本における金芝河関連の書籍の相次ぐ出版と、日本各地で澎湃と沸き起こった市民による金芝河釈放要求運動・デモであった」と語り、当時の金芝河を死刑にしてはならないという多くの日本人の良心も貢献していることを記している。趙氏は金芝河を日本に紹介する上で、先に挙げた翻訳家の渋谷仙太郎氏と中央公論社の宮田毬栄の二人の名を挙げている。

それから、獄中からの解放後の二年後について趙氏は次のように記している。

《八二年、六月に第二詩集『灼けつく喉の渇きに』を、一二月には『大説　南』第一巻を発表するが、すぐに発禁処分を受ける。『大説　南』で示された「生命思想」は、その後の物語集『飯』と散文集『南の土地の舟歌』として作品化された。この頃からは、地域自治を提唱するサルリム（生命）運動や環境問題、消費者共同体運動、東アジアの伝統を見直す活動など、詩

人と言うよりは社会活動家としての側面が強くなる。》

趙氏は、第二詩集『灼けつく喉の渇きに』以降の、『大説　南』などの物語集、散文集などが「生命思想」を根幹として表現されていて、その先の関心として「地域自治を提唱するサルリム（生命）運動や環境問題、消費者共同体運動、東アジアの伝統を見直す活動」であったと指摘する。その行きつく果てには、金芝河が「生命思想」に基づく地域文化の価値、消費者を含めた地域経済、地球規模の環境問題などに後半生の情熱が向かっていった事実を伝える。一九八六年には《「生命思想」と民族的抒情が融合した詩集『愛隣』（1、2巻）を刊行》や一九八八年には《東学の教祖である崔済愚の人生と死を扱った長詩『日照りの日に雨雲』を発表》などと続け、そして略伝の最後には次のように記している。

《九一年、四月に明知大学校生の姜慶大殴打致死事件を契機に起こった学生や市民による一連の抗議焚身（焼身）自殺について、その抗議のやり方を批判して、五月五日付の『朝鮮日報』コラムに「死の巫女の儀式をただちに止めよ！」というタイトルの文章を書いたが、これが国内で激烈な反発を呼び起こす。その前の二月一七日付の『東亜日報』には、自分がアルコール中毒者だったなどという「自分は泥棒」というタイトルの「告白」もしている。／九四年、第三詩集『中心の苦しみ』を刊行。／二〇〇三年、文学的回顧録『白い陰の道』（全三巻）を刊行。／二〇一三年一月四日、再審で「民青学連事件」の嫌疑について金芝河に「犯罪の事実はない」として無罪判決が下った。》

金芝河は「生命思想」に基づいて、「学生や市民による一連の抗議焚身（焼身）自殺」に関して、「死の巫女の儀式をただちに止めよ！」との文章を発表し反発を引き起こす。さらにその頃には、クリスチャンが神の名の下で神父に内面を懺悔するように、新聞に《自分がアルコール中毒者だったなどという「自分は泥棒」というタイトルの「告白」》を赤裸々にしてしまう。そのことによって民主化運動を推進する学生や市民は驚き困惑し、彼らを失望させてしまう。そしてこの三〇年後の二〇二二年に金芝河は八十一歳でこの世を去っていくとその生涯を記していく。

（3）

3「絶望と抵抗の抒情」では、趙氏は二十歳代の代表的な詩を三篇引用して、その詩がなぜ韓国社会の民主化運動を先導した力を生み出したかの魅力を語る。三篇の詩の一部を引用する。

《私を／ここに縛りつけるものはなにか／灼けつく陽光の下　白く光るのみ／よどみ流れぬ池に深く潜み／あくまで私をここに縛りつけるものはなにか／／目にまばゆい赤茶けた山道／かすかにゆれる白い野花さえ／真近に炸裂する発破の音さえ遠く／土に閉ざされた苦役も　死すらも／私を目覚めさせせない（井出愚樹訳「山亭里日記（サンジョンリ）」前半部分）》

《抵抗し、斬られた首がまた叫ぶ／叫ぶ。引き裂かれた腕が／またも抵抗する／鎖のまま、鎖のまま身をふるわせて、やがて／動きを止めた玉蜀黍畑（きび）／動きを止め、動きを止め、ああ、動きを止めた／真っ青な空の下、すっくとそびえ燃え尽きた／里程標が哭いているのさ／灼けつく南は反乱のくに。（渋谷仙太郎訳「南」最終連）》

《夜明けの裏通りにて／お前の名を書く　民主主義よ／わが念頭からお前が去ってすでに久し

い／わが足がお前を訪なうことを忘れて　あまりにも久しい／ただ一筋の／灼けつく胸の渇きの記憶が／お前の名をひそかに書かせる　民主主義よ（井出愚樹訳「灼けつく渇き」冒頭連）》

趙氏は、この「山亭里日記」、「南」、「灼けつく渇き」の三篇に金芝河の抵抗詩でありながら深い抒情性を秘めている詩の特徴とその本質を読み取っていく。それは金芝河が「絶望」の底で「死すらも／私を目覚めさせない」と打ちひしがれるが、それでも「斬られた首がまた叫ぶ」ように「抵抗」を続け、「灼けつく胸の渇きの記憶が／お前の名をひそかに書かせる　民主主義よ」という民主化運動の思想性を、金芝河が詩集「黄土」の後記で語った「火花のような愛の言語」として融合させていく試みを読み取っていくのだ。

さらに4「詩的暴力＝風刺で独裁者を嗤って闘う」では、長編譚詩「五賊」を引用し、その「五賊筆禍事件」を詳しく論じると同時に、「五賊」が渋谷仙太郎が解説した「朝鮮文学の伝統である風刺文学の流れをうけつぎ、その伝統を汲んだ民族的要素の濃い作品」であると再確認し、「風刺文学」の傑作であると趙氏は高く評価する。また長編譚詩「糞氏物語」や「アジョッカリ神風――三島由紀夫に」なども引用しながら詳しく論じていく。

5『「死刑判決」と宗教的覚醒』では、金芝河の散文詩風の獄中記「苦行……一九七四」を紹介している。

《「拷問部屋ではすべての瞬間が死であった。死との対面！　死との闘い！　それに打ち勝ち、ついに闘士の内的自由に帰ってゆくか、さもなければ屈服し、恥辱に覆われ、果てもなく崩れてゆくか」という極限状態の中で、金芝河は最後まで転向することなく、信仰的に覚醒してい

くのである。》

趙氏は拷問の極限であっても転向しなかったことは、金芝河の「神と革命の統一」という思想があったことを辿っている。

6「金芝河は変節したのか」では、趙氏は金芝河に対する様々な評価を紹介した後に次のように語る。

《どう金芝河を評価すれば良いのか。「抵抗詩人、民主化の闘士」という肯定的評価があるかと思えば、「晩節を汚した、思想転向した」と否定的評価をする向きもある。金芝河の評価はこれから定着していくのだろうが、輝かしい闘争の半生だけが語られるのはフェアではない。八一年の生涯を通して、金芝河が何を書き、何を語り、どう行動したのかが、公平に検証される必要がある。》

趙氏は、タイトルの『評伝　金芝河とは何者だったのか　――韓国現代詩に見る生』という問いを文字通りに読者に投げかけて締め括るのだ。

しかしながら、趙氏はその自らの問いに対して、第一章のⅡ「金芝河への私信」、Ⅲ「在日朝鮮人M氏との往復書簡」、Ⅳ『敗北と裏切りの「抒情」』で自らの見解として解答を試みるのだ。きっと自らの解釈とは異なる金芝河の多様な魅力を多くの人びとが自ら発見することを願っているに違いない。

（4）

さらに第二章「信念――民衆詩を志向した詩人たち」では、一九八〇年に起こった「光州事件」に衝撃を受けた十二名の民主化運動を志した詩人たちの多様性に満ちた詩篇を検証し論じている。十二名の名の下に記されたサブタイトルはその詩人の本質やその在りかを伝えている。この第二章は二百頁を超える金芝河以降の詩人たちの詩と詩論と生き方を伝える貴重な論考だろう。

『1　鄭浩承（チョン・ホスン）――真実なるものとしての「悲しみ」』では、《彼の詩は単純な抒情詩ではなく、抵抗詩なのだと言える。彼はさらに「生の悲しみ」「分断された秋の不幸」（「悲しみは誰か」より）を捨てさる時、悲しみが初めて人間の顔をもつのだ》と、「悲しみ」の普遍性を見出している。

『2　パク・ソヌク――「光州（クァンジュ）」の悲劇との闘いの中で』では、《「妹よ」はただ悲しみに打ち沈んでいるだけでなく、抒情性と力強さに溢れたその詩は、妹の死を無駄にしないという決意が滲んだ究極の絶唱となっている》と、宮沢賢治の「永訣の朝」のように評価している。

『3　河鍾五（ハ・ジョンオ）――4・19から「光州」、「光州」から「統一世代」へ』では、《「何よりもまず、民族分断が克服される所に、その道があることを悟ったのだ」、と。ここまではっきりと民族分断の克服を詩のテーマにすると宣言した詩人は、けっして多くない》と、「統一」を模索する不屈の精神を伝えている。

『4　パク・モング――叙事的再現の可能性をもつ連作詩』では、《壮大な長編連作詩『十字架の夢』は「光州」を叙事的に、しかも総体的にとらえようとする強靱な精神の産物である。（略）「民衆・民族現実の代弁者」として、現実認識に根拠をおいた民衆・民族共同体の歴史と思想とる。

情緒をうたっている》と、「光州事件」の悲劇を壮大な抒情詩篇として創造した功績を讃えてい

『5　朴柱官（パク・チュグァン）——絵画的で個性豊かな詩世界』では、《「南光州」は一幅の画面でも見るように、光州の風景や人々の生活を描写している。詩で一般的にもっとも弱いとされる嗅覚さえ動員する。市場や駅の臭い、汗の臭いが漂って来る。すべての感覚を研ぎ澄ませて働かせ、独自の世界を構築しようとする努力が、個性豊かで絵画的な詩世界を作り出している》と、光州の暮らしの体温を描いた優れた表現力を高く評価する。

『6　金準泰（キム・ジュンテ）——不条理と抑圧の暗闇からの脱出』では、《「光あるうちに光の中を歩め」（トルストイ）。これができない者は、いつまでも暗闇の中をさまようしかない。祖国分断は克服できるのだ、民族統一は必ずできる、しなければならないのだという勇気をもつことが、今もっとも必要なのだという信念こそ、今の私たちの「光」なのである》と、「南北統一」を決して諦めない「光」だと紹介している。

『7　パク・ノへ——労働者の言葉でうたう労働者詩人』では、《パク・ノへは、非人間的な生を強いられている自己を含めた労働者の絶望と悲しみ、恨みと怒りを描きながら、人間らしい生き方、人間の尊厳を守る闘い、つまり民衆解放、人間解放を、そして民主主義と民族統一を現場からの生々しい声でうたい、切実に、鋭く訴える》と、労働現場の人間の尊厳を願って書き続ける思いを語っている。

『8　金龍澤（キム・ヨンテク）——農民の民族的リズムを回復させた詩人』では、《農民の目から世の中を見ようとす

る姿勢は、「民衆の旗」にもよく表われている。一生を田畑で働いて、ボロボロになった母の体に「抑圧と搾取の長い農民の歴史」を見いだし、母を「燃えた大地」「民主 民衆 民族統一の解放の地」「民衆解放の旗」だと見なす。（略）その愛に溢れた視線こそ、金龍澤の強さと素晴らしさであろう》と、農民の労働する身体のリズム感を詩に宿して民衆詩を生み出したと感受する。

『9 李東洵（イ・ドンスン）——名もなき人びとの代弁者としてうたう』では、《彼の視線は自己から広く外側に向かって伸びてゆき、父や母、あるいは故郷の人びとの生活や歴史に向かう。そして白丁階層（部落民）の地位向上と民権回復運動（衡平運動）を描いた長詩「黒い足袋」（七九年）、ダム建設によって故郷を追われる農民たちの悲しみと怒りを描いた長詩「水の歌」（八一年）のような、骨太く、力強い作品を生みだす》と、部落民や故郷を追われる農民たちを記す詩人がいることを記している。

『10 金正煥（キム・ジョンファン）——暴れまわる荒馬の奔放なイメージ』では、《「遊撃的感受性」を過激に動員し、何ものにも束縛されず、暴れまわるイメージと発想の奔放さは、時として読む者を置き去りにしてゆく。荒馬がその溢れだすエネルギーに耐えかねて、調教師を振り落とすように、彼は既存の形式や捉え方を無視し、自由奔放に走りまわる。その過程で、使い古された言葉たちは本来の野性味を取り戻したり、新しい意味の産声をあげたりする》と、湧き出てくる豊かなイメージの果てに新しい時代の言葉を探す可能性を示唆している。

『11 趙泰一（チョ・テイル）——真の悲しみを知る者だけが知る喜びと情愛』では、《技巧主義を批判し、排除する彼の詩は、さらに素朴なものとなり、日常使われている言葉を反復しながら、民族的リズムに乗せて、おおらかにうたっている。民衆的感性と民衆的言語の結合を完成させたと言うべきか。「あてどなく」の最終連などは、使い古された言葉を何と言うこともなく結合させているのに、圧倒的な感動を与える》と、民衆詩人としての信念と言語感覚を読み取っている。

『12　文益煥（ムン・イクファン）——生と死を超越した南北統一へのロマン』では、《文益煥はこのような闘争の日々の中で詩を書いてきた。詩がすなわち闘いであり、闘いがそのまま詩であった。そのために、詩語を厳選するよりは、心の赴くままに叫ぶように書くのが彼の詩のスタイルになった。他の詩集に『夢を祈る心』などがあるが、彼に詩を書かしめた背後には、二人の人物が見え隠れする。（略）もう一人は、竹馬の友である尹東柱であり、尹が文益煥に大きな影響を与えたことが、「最後の詩」という作品からもうかがい知れる》と、尹東柱の友人だった文益煥が最後まで統一を現実のものとして活動したことを紹介している。その後に趙氏は文益煥に追悼詩「春」を捧げて論考を終えている。第二章は趙氏がバイリンガルでなければ、ハングルの世界の微妙な差異を読み取れなければ訳詩だけでなく論じることは出来なかっただろう。韓国の民主化運動の戦後の歴史を詩と詩人を通して読み取ることができることは、貴重な体験になるだろう。

　趙南哲氏は、抵抗詩・民衆詩を体現した金芝河の文学と民主化運動の実相を記し、その文学精神を引き継いでいる十二名の詩人たちをも翻訳し、その多様性に満ちた特徴を論じてきた。そんな趙氏の金芝河や十二名の詩人たちの「灼けつく渇き」と「火花のような愛の言語」を論じた本書を読み取って下さることを願っている。

あとがき

韓国の有名な抵抗詩人・風刺詩人であり、韓国民主化闘争のシンボルでもあった金芝河（キム・ジハ）に対する複雑な思いを抱いたまま、私は老いた。しかし、彼が昨年、死去して、やっと金芝河に対する「評価」を正しく下さなければならないという使命感に駆られた。

私が過去に書いた金芝河批判を支えるために、金芝河の生涯と作品をもう一度振り返り、詳細な分析を試みた。それが本書である。金芝河の評価については意見が分かれると思うが、肯定的に評価する者が、在日朝鮮人M氏のように、本書に対する反論を加えることを、逆に歓迎するものである。大いに論議が盛りあがり、この稀有の詩人を再評価することができれば、これほど幸せなことはない。

死ぬまで作家や詩人、芸術家の評価は定まらないと冒頭で書いた。普通の人間もそうだと思う。死んだらすべてが終わりであり、その人の評価はそこで決まるものだ。しかし、金芝河の場合、死んだ後もその評価に大きなブレがあり、意見は分かれている。それを無理やり一致させる必要はないと思うが、私は私の意見を強固にする必要があったのである。

第二章では、民衆詩を志向した十二人の詩人たちの詩を翻訳紹介し、解説を書いた。ほとんどの詩人が「光州世代」の詩人で、今は私とほぼ同年配である。金芝河に続く彼らの活躍はめざましいものがあり、何冊かの詩集はベストセラーにまでなった。彼らの仕事を顧みることも、金芝河理解に役立つと思って紹介したものである。しかし、この中から排除した詩人に高銀（コ・ウン）がいる。高銀は今年九〇歳になる高齢だが、韓国文壇の重鎮として、韓国内では何度もノーベル文学賞の候補として名前があがったほどの詩人である。それなのに、何故、削除したのか。

それは、彼が一九六〇年代から性暴力、セクハラを常習的に行なっていたことを、二〇一八年に詩人の崔泳美（チェ・ヨンミ）（処女詩集『三十歳、宴は終わった』が百万部のベストセラーになった）に暴露され、高銀側は彼女と『東亜日報』を相手に「損害賠償を請求する訴訟」を起こしたが、一九年に敗訴が確定したからである。高銀のセクハラは、当時から文学やマスコミ界隈では公然の秘密であったと言う。ある詩人は「文壇では有名だった高銀のセクハラを以前から知っておきながら、祭りあげていたマスコミや文学関係者も共犯である」と、自分も含めて批判している。

この告発を受け、ソウル図書館は館内に設置していた、高銀の書斎を再現した空間「万人の部屋」を一八年に撤去した。しかし判決が確定してからも、高銀は被害女性らに対する何らの釈明も謝罪もしないまま、今年一月に実践文学社から新しい詩集などを出版しようとしたため、世論の激しい批判を浴びて、出版社は謝罪を表明し、これらの本は出版停止になった。今日現在まで、高銀はこのセクハラ問題について何も発言していない。性犯罪が暴露された彼は、たとえ死んでもかつての業績がけっして再評価されることはないだろう。

紹介した文益煥（ムン・イクファン）牧師や趙泰一（チョ・テイル）はすでに亡くなった。彼らの業績は不変であり、評価が高まることはあっても、下がることはないだろう。何故なら、彼らはもうこの世にいないのだから。しかし、金芝河の場合、亡くなった後も、評価が定まってはいないが、激烈な評論で「風刺か自殺か」と訴え、鮮烈で激烈な抒情詩や、権力を嗤う風刺的技巧を駆使した長篇譚詩を書いた金芝河が晩年、様変わりしたことは否定できない事実である。

韓国は形だけは軍事独裁国家から民主主義国家にはなった。しかし、本来的な意味での民主主義や自由で平等な社会は実現したのだろうか。現在の韓国は学歴偏重の熾烈な競争社会になっており、裕福な家の子弟でないと、有名大学にも進学できず、大企業にも就職できないと言う。日本と同じく非正規労働者の急増により、労働運動は分裂を余儀なくされ、大幅に衰退・変質し、賃金格差は広がるばかりである。富める者と貧しき者との差の拡大は驚くべきだ。財閥やセレブなどがデパートを闊歩している横で、借金に追われ、アカデミー賞作品賞などを受賞した映画『パラサイト 半地下の家族』（ポン・ジュノ監督二〇一九年作品）で世界に広く知られた家賃が安い半地下の部屋や、オクタップパン（屋上に作られた簡易的な家）に住まざるをえない人や、劣悪な環境で生活する庶民たちは少なくない。その酷すぎる格差は、生まれた時から、その人の人間性や人生そのものをも決定づけているようにさえ見える。

人びとの意識から長い間、韓国社会に根づいていた伝統的な儒教的価値観は希薄化し、外見だけを重視する偏った社会的雰囲気の中で、とくに女性はいとも簡単に整形外科に走り、極端なダイエットに励んでいる。拝金主義が横行し、金持ちか貧乏人かで身分の違いまで感じる世の中になってしまった。韓国社会はまるで新たな「身分制度」「階級制度」が支配する歪な社会になっているようだと言ったら、言いすぎだろうか。

就職できない若者たちは希望を失い、就職も結婚も諦め、恋愛はするが結婚はしないという「非婚主義者」が増えている。当然、合計特殊出生率は世界でも最低である。韓国は七年連続で最低を更新しているが、〇・七八というその数字は、一・二六の日本よりも苛酷で絶望的な「少子高齢化社会」に韓国がすでに突入してしまったことを意味する。このような社会に見切りをつけた中高年層、苛酷なイジメを受けた若者の自殺者も多い。韓国の自殺率（人口一〇万人当たりの自殺者数）は二三・五人で、これはＯＥＣＤ（経済協力開発機構）加盟三六か国・地域中一位であり、一日平均三六人が自殺していることになる。ちなみに日本は五位である。高度なネット社会になった韓国では、ＳＮＳによる悪質な誹謗中傷が常態化し、深刻な社会問題になっている。このままで行くと、韓国社会は数十年後には致命的に衰退してしまうと主張する学者もいるほどだ。

また、一時は私たちに希望を抱かせた南北和解と統一も、今は最悪の状態になっており、実に七〇年も続いている停戦状態がいつ破綻し、再度、戦争が再開されてもおかしくない危険水域に達している。

韓ドラや韓国映画、Ｋポップなどが世界的に流行し、最近は韓国ミュージカルも高い人気と評価を受けており、韓国を訪れる外国人観光客も増加の一途であるという明るい話題はあるにはあるが、限度を超えた格差社会の弊害は至る所で散見される。今年、一人当たりのＧＤＰ（国内総生産）が日本を抜いたという報道もあったが、韓国社会はもう限界を超えているようにさえ見える。

しかし、民主主義を自らの手で勝ち取った韓国の民衆が、このままこの劣悪な状態を看過し、放置しているとは思えない。脈々と民主化闘争の歴史は受け継がれ、現在の多くの難問も必ず打開していくものと信じる。南北和解と統一も、韓国国民に残された大きな課題であり、韓国がさらに発展していくために残された長年の宿題である。

本書を韓国の民衆と、かつての金芝河に影響を受け、彼を愛し、金芝河釈放運動に尽力した多くの在日コリアンと日本の人びとに捧げるものである。

二〇二三年一〇月二一日

趙南哲

著者略歴

趙南哲（チョ・ナムチョル）

1955年　在日朝鮮人三世として広島に生まれる。
1977年　連作詩『風の朝鮮』で第一回統一評論新人賞。
1977年　『現代文学読本　金芝河』（共著、清山社刊）
1979年　朝鮮大学校文学部卒業。
1984年　訳書『光州の人びと』（金午著、朝鮮青年社刊）
1986年　連作詩集『風の朝鮮』（れんが書房新社刊）
1989年　詩集『樹の部落』（れんが書房新社刊）
1996年　詩集『あたたかい水』（花神社刊）
2003年　詩画集『グッバイアメリカ』（アートン刊）
2023年　詩集と散文『生きる死の果てに』（コールサック社刊）

住所　〒197-0804　東京都あきる野市秋川3-2-7-1-205
E-mail　nam75chol@yahoo.ne.jp

評伝　金芝河とは何者だったのか
　　　――韓国現代詩に見る生

2023年12月17日初版発行
著　者　　　　趙南哲
編集・発行者　鈴木比佐雄
発行所　株式会社 コールサック社
〒173-0004　東京都板橋区板橋2-63-4-209
電話 03-5944-3258　FAX 03-5944-3238
suzuki@coal-sack.com　http://www.coal-sack.com
郵便振替　00180-4-741802
印刷管理　（株）コールサック社　制作部

装幀　松本菜央　　カバー表写真提供：共同通信社

落丁本・乱丁本はお取り替えいたします。
ISBN978-4-86435-592-6　C0095　￥2000E